U0115834

中華文化思想叢書

還原脂硯齋

下冊

歐陽健　著

目次

中冊

下冊

第六章
脂硯齋的「還原」

通過對脂硯齋批語的「縱覽」和「條辨」，已充分涉及他與曹雪芹、與《紅樓夢》以及與紅學的種種瓜葛，但「還原」脂硯齋的使命尚未完成。我們的最終目標，是以學術流變的視角，對脂硯齋作出恰如其分的定位和定性。

第一節　以有正本為參照係

脂本是抄本，「未定型」和「開放性」是它的兩大特點。吳世昌先生之所以不贊成採用「甲戌本」之名，是因為本子上有「丁亥」和「甲午」的批語（《紅樓探源》，頁 10）。他其實應該想到，甲戌本即便抄錄於乾隆甲戌（1754），也不能阻止後人添加新的批語；反過來說，即或上面有後人的批語，也斷定原本定非「海內最古的石頭記抄本」。要吃準抄本及其批語的確鑿年代，必須找到刊刻本作為參照物。因為它一經刊出，就絕對地「定型」了，不能再改動一絲一毫了。從這個意義上說，程甲本是研究《紅樓夢》版本最好的座標，最好的參照係；有正本則是研究脂批最好的座標，最好的參照係。原因有三：

一、在紅學家認可的「脂本系統」中，有正本是「三脂本」之外最重要的本子。吳世昌先生說：「有正書局用以石印的那個戚蓼生序本，由於它只有最初的一些脂評，也許更要『古』些。」（《紅樓探源》，頁 11）宋淇先生說：「有正本非但是鈔本系統中最接近原本的鈔本之一，而且是比較起來最完整的鈔本，其價值未必在庚辰本之下。」(〈戚序有正本《紅樓夢》的始末〉,《香港紅學論文選》，百花文藝出版社，1982 年，頁 309）周汝昌先生也說：「……根據上述種種，我逐漸打消了當初的一個蓄疑：即是否戚本中已羼入了戚蓼生的批語？現在認為，蓼生作序，正面署名落款，光明磊落，豈能硬把自己的批混在脂批中而不加任何標誌？再者，戚本中批語有些條就與其它脂本共有；又如第六十七回正文本係雪芹逝後別人（脂硯？）所補作，而戚本此回亦獨無回前回後批。所有這些，都說明一個事實：戚本雖然在諸脂本中出現為略後，但它實際不是像我們過去所想像的那麼晚，依然是一個乾隆舊本。我並相信，在戚蓼生買得此本時，其各種批註的情形就已如此，蓼生作了序，但他並未竄入自己的其它文字（戚本正文中個別的瑣細異文，是否可能出自彼手所改，則可以研究)。所以我的看法是，戚本的價值，一向是偏於低估而非相反。」(《紅樓夢新證》，頁 996，著重號為原文所有）

二、有正本雖未冠以「脂硯齋重評」，但有大量與脂本相同或相近（即所謂「與其它脂本共有」）的批語。統計表明，甲戌本一五八七條批語中，與有正本相同或相近的有四九五條，占百分之三十一點一九；己卯本七五四條批語中，與有正本相同或相近的有六六二條，占百分之八十七點八；庚辰本二三一八條批語中，與有正本批語相同或相近的有九二一條，占百分之三十七點九三。如此高的比例，說明有二者的關係非同一般。胡文煒先生提醒我：「辨別一個本子『作偽』可能很容易，而要辨析一個本子中某條批語的性質，那就更容易了，許多批語簡直可以任人隨意地辨，且都能說得通。例如劉本所獨有的『若云雪芹批閱增刪……』,『能解者方有辛酸之淚……』究竟是真是假，說真的有何確證？說假的又何以斷定？如果單獨而論，恐怕永遠也糾纏不清。又如劉本第十五回批：『前人詩云「縱有千年鐵門限，終須一個土饅頭」是此意，故「不遠」二字有文章。』此批雖也見怡本，但又見於戚本。由於戚本印行在前，劉本怡本問世（被介紹於世，不是實際存世）在後，這就有可能被解釋為劉本、怡本中的這條批語是抄於戚本的，此即說明研究版本不能著眼於自己所認定的那一個，在這裏還須顧及戚本。」（〈「條辨」與「縱覽」〉，《紅樓夢學刊》2000 年第 3 輯）他的意見，無疑是正確的。

三、有正本是「脂本系統」中唯一的印本，以版本學的眼光衡量，其印刷單位、印刷年代，都是清楚的，其所據底本實物已經發現，許多問題都有線索可考；尤其是它於宣統三年（1911）出版之後，不論是正文還是批語，都徹底地「凝固」了。也就是說，它的上限雖可「盡意」前溯，但它的下限卻是確定不移的了。

基於以上三點理由，要給三脂本的批語定位，只須運用版本學、校勘學、辨偽學的方法，比較二者相同相近的批語就可以做到了。而其最終結果無非是：或是脂本批語比有正本早，或是比有正本遲，二者必居其一。至於脂本「多出」或「減少」的批語，其原因也無非是：或是脂本原有之批語被有正本刪去，或是脂本之批語實為後人所加，二者必居其一。

一　有正本「尋根」

既然要以有正本為座標，首先就得為有正本「尋根」，為有正本定位；而要為有正本「尋根」，為有正本定位，首先就得知悉有正本的主人——狄葆賢。

彭崑崙先生撰有《狄平子與〈紅樓夢〉》一文，稱狄葆賢是「知識淵博的學者，他是文學家、詩人、佛學研究家和紅樓夢研究家」，這都是對的。孫文光先生主編的《中國近代文學大辭典》「狄葆賢」

條云：

> 狄葆賢（1873-1921）字楚青，一作楚卿，號平子，別署平等閣主、慈石、平情居土、狄平、六根清淨人等，江蘇溧陽人。生於江西。光緒諸生。戊戌變法時，與譚嗣同、唐才常等交往密切，宣傳變法維新。變法失敗，逃亡日本。光緒二十六年（1900）返回上海，參與自立軍起義活動。事敗後，從事新聞活動，宣傳保皇立憲。先後創辦《時報》、《小說時報》、《婦女時報》、《佛學時報》和有正書局。三十四年（1908）任江蘇諮議局議員。晚年篤好佛學。工詩詞書畫，尤以小說和詩歌評論見長。所著《論文學上小說之位置》及《小說叢話》等文章，鼓吹新小說，在當時頗有影響。其詩話著作《平等閣詩話》，能獵其華而存其概，執簡以馭繁，去取亦甚確當。詩不多作，但有作輒芳馨悱惻，寄託遙深，氣韻幽逸。梁啟超曾謂其『每詩皆含有幽怨與解脫之兩異原質』（《飲冰室詩話》）。另有《平等閣筆記》、《清代畫史增編》等。」（黃山書社，1995 年，頁493）

像狄葆賢這樣的人物居然受到質疑，感情上難免讓人不大好受。故彭崑崙先生說：「紅學界有不少人由於缺乏全面了解，對狄公產生一些誤解，這也是可以理解的。令人意外的是，最近有人為了建立自己的理論框架，信口開河或偽造事實，甚至還一口咬定戚序本的脂評部分也是狄平子的『作偽』，真是啼笑皆非。試問，誰有那麼大本事，能串通一氣，把甲戌本、己卯本、庚辰本、蒙古王府本、列藏本……等作偽者組織起來，共同作案呢？而且，時空上又相距那麼遙遠。若有人能說清楚這一點，我一定折服三拜，甘心服輸。」（《紅樓夢學刊》1998 年第三輯）誠然，對於歷史人物狄葆賢，確應「儘量把他放到那個特定的年代的歷史座標上去考察」；既不能「為了建立自己的理論框架，信口開河或偽造事實」，也不能因為他是「我國近代著名的社會活動家」，連他作為「有正書局的老闆」的行為也加以掩飾。我贊同彭先生的意見：「許多問題均與『根』有關，讓我們一同進入『時間隧道』吧！」

要找到有正本的「根」，須從追溯有正本的刊行入手。宣統三年（1911）十一月廿五日《小說時報》第十四號，刊登了一則廣告：

> 《國初秘本原本紅樓夢》出版：此秘本《紅樓夢》與流行本絕然不同，現用重金租得版權，並請著名小說家加以批評。先印上半部十冊，共為一套，定價一元八角。

應該指出，將有正本題作「國初秘本原本紅樓夢」，是沒有版本根據的炒作。胡適先生批評說：「有正書局的老闆在這部書的封面上題著『國初鈔本紅樓夢』，又在首頁題著『原本紅樓夢』。那『國初鈔本』四個字自然是大錯的，那『原本』兩字也不妥當。」（《胡適紅樓夢研究論述全編》，頁 109）彭崑崙先生為此辨解道：「狄公企圖想突出『國初』概念，原意是強調此書的時代背景，是辛亥革命勝利後印的書。其心情可以理解，因為共和國是他一生的追求。」這種解釋是不符合事實的。有正本上部刊於宣統三年（1911）十一月，其時不僅「中華民國」尚未成立，孫中山尚未回國，許多「革命黨人」還在醞釀推舉袁世凱為總統。狄葆賢其時的身份是書局老闆，他絕對懂得版本的商品性質，知道「原本」、「秘本」的真正涵義。試想，將有正本稱作「民國初」的本子，能帶來什麼經濟效益？有正本第十二回批語「言此書原係空虛幻設」的「玄」字缺筆，就嚴格避了康熙的諱，說明狄葆賢之所謂「國初」，指的是清代的國初，與所謂「追求共和國」的理想無關。

對於今天的「尋根」來說，廣告中有三大要點，值得細細推敲：

（一）「用重金租得版權」

有正本底本的來歷，向來有不同的說法。王伯沆一九一四年批於《紅樓夢》卷首的「讀法」云：「八十回本今有正書局已印行。俞恪士所藏原書，抄寫甚精，大本，黃綾裝，余曾見之。後恪士以贈狄楚青，遂印行，但已非原稿影印矣。余得此本互讀之，竟不逮百二十回本，曾以語於恪士，恪士亦謂然也。」（《王伯沆紅樓夢批語彙錄》，江蘇古籍出版社，1985 年，頁 2）照王伯沆的說法，有正底本為一百二十回全書，原為俞恪士所藏，後贈狄葆賢，印行時已非原稿影印，且減少為八十回。陳寅恪先生說：「伯舅山陰俞觚齋先生明震同寓頭條巷。兩家衡宇相望，往來便近。俞先生藏書不富，而頗有精本。如四十年前有正書局石印戚蓼生鈔八十回石頭記，其原本即先生官翰林日，以三十金得之於京師海王村書肆者也。（《柳如是別傳》第一章）則俞明震贈書說，又添一旁證。又，上海古籍書店一九七五年冬清理倉庫時，發現有正書局石印本底本前十冊，四十回，上有「桐城張氏」、「守詮子」、「甕珠室」、「狼藉畫眉」朱文印章。據考，此本收藏者為張開模（1849-1908），字印唐，別署守詮子。張氏於光緒三十四年（1908）十月死後，其妻將書出售，遂為狄葆賢所得。魏紹昌先生說：「有正書局翻印此抄本時將這四方印章去掉，因為有正本定名《國初秘本原本紅樓夢》，可見狄平子很重視此抄本，認為這是他獨得的『秘本』，特地當作清初乾隆年間的『原本』影印出版，這就當然用不著這個晚清光緒年間非知名人士的藏書章了。」（《紅樓夢版本小考》，中國社會科學出版社，1982 年，頁 19-20）以上兩種說法，都與「用重金租得版權」不同，可不加深究。這裏要弄清的，是有正本底本歸狄葆賢的時間。彭崑崙先生說：「無論是俞還是張，把書轉讓給狄，時間只能在一九〇四至一九一〇年間，因為太早，狄忙於革命工作，東奔西波，哪裏有時間研讀紅樓夢，太晚也不行，狄平子本人要做點研究工作和下眉批等均需要時間。」這個推斷，大體上是不錯的。

（二）「請著名小說家加以批評」

這句話證明，王伯沆「已非原稿影印」說是對的；有正本已是經「著名小說家加以批評」的新批點本。廣告雖未點出「著名小說家」之名，也未交代所加批語的類型，但一九一二年出版的有正本後集第一冊封二後的「徵求批評啟事」，卻提供了明晰的訊息：

> 此書前集四十回，曾將與今本不同之點略為批出。此後集四十回中之優點，欲求閱者寄稿，無論頂批總批，只求精意妙論，一俟再版，即行加入。茲定潤例如下：
> 一等　每千字　十元
> 二等　每千字　六元
> 三等　每千字　三元
> 再前集四十回中批語過簡，倘蒙賜批，一律歡迎。
> 再，原稿概不寄還，以免周折。
> 上海望平街有正書局啟

胡適先生也說：「這在當時是很高的報酬。」（《胡適紅樓夢研究論述全編》，頁 315）那麼，狄葆賢為什麼要出重酬「請著名小說家加以批評」？首先是為了「將與今本不同之點略為批出」。有正本的批語，包括回前回後總批、行間夾批、眉批等。眉批一一揭示「原本」（指有正本）與「今本」（指通行本）的異文，證明「原本」如何優於「今本」，「今本」又如何對「原本」進行了竄改：這一點，頗學得了金聖歎的秘法。回前回後總批、行間夾批，則從義理、詞章的角度，顯揚此本的長處，都是為「此秘本《紅樓夢》與流行本絕然不同」論張目，以招徠讀者的。毋庸諱言，這是一種「商業行為」，所追求的主要是經濟效益。「根據抄本書眉上尚有未去淨的黏跡，可以說明是另用白紙將批語寫好浮標在書眉上，攝影之後又去掉的」（魏紹昌：《紅樓夢版本小考》，頁 20）。細檢眉批同正文以及總批、夾批，筆跡是一致的，整個版本的款式與風格是渾然一體、協調統一的，證明此本在上石付印前，還是經過重新過錄的，它已經不是張開模原藏抄本（不論是清初乾隆年間的原本，還是晚清光緒年間的抄本）。王伯沆批《紅樓夢》卷首「讀法」云：「八十回本今有正書局已印行。俞恪士所藏原書，抄寫甚精，大本，黃綾裝，余曾見之。後恪士以贈狄楚青，遂印行，但已非原稿影印矣。余得此本互讀之，竟不逮百二十回本，曾以語於恪士，恪士亦謂然也。」王氏此批，寫於一九一四年，並非為公開發表而作，所言諸事，當較可靠。有正本之非原稿影印，可為定論。至於那四方印章，亦可能係狄葆賢所仿刻，在攝影上石付印時，從石板上修去，甚至亦可能是攝影後補蓋，以防他人追究的。「據篆刻研究工作者的看法，以為這四方印章係清代同光間金石家陶牧緣或其弟子所刻，但也有人認為刻印者是受了當時另一位金石家徐三庚的影響。至於在有正石印本下半部第八十回卷末所蓋的一方白文閒章：『劭堪眼福』，已經是近代金石書畫家吳昌碩（1844-1927）的篆刻風格了，顯然不像是張開模的印章。那麼這是誰的印章呢？何以有正石印本卻將它保留下來呢？這兩點目前還無法解答。」（魏紹昌：《紅樓夢版本小考》，頁 20 小注）張開模的四方印章，並不能證明此本與狄葆賢無關，倒是「劭堪眼福」閒章的吳昌碩風格，透露了有正本的真實年代。

林冠夫先生在〈論《石頭記》王府本與戚序本〉中談到「正本」（即有正本）的來歷時說：

> 如果僅僅從正本的某些現象看，很像它的底本是有正書局雇抄手臨時現抄的。如自〈序〉起至第八十回之末，字體頗為工整規矩，一色文書體，出於一個抄手。所用的紙張，是印就的專用紙。天頭時見有正老闆狄葆賢的眉批。這些情況，都像有正書局為石印時拍照製版的需要而臨時準備的。但這個底本發現後，才知道這是一箇舊藏本。說是舊藏本，首先是從這個底本改動的文字中看出。正本就是這個底本改後付印的，故與改後文字相同。但這個底本改文有挖補、貼改兩種方式。挖補的文字，與寧本相同，可見這是原抄時發現錯誤當即改正的做法。貼改的文字很值得注意。貼改，改文覆蓋在原文上面，原文仍還保留著。貼改前的原文，與寧本甚至府本都相同，但都可找出需要改動的理由，有奪字如「擅風」貼改為「擅風情」，「歌場」改為「歌舞場」等。或改者以為是錯字或不妥的字。如二十五回「如來佛」改為「彌陀佛」，十八回回目「探曲折」貼改為「探深幽」。還有常常談到的「恭人」改為「宜人」等等。貼改上去的文字，與寧本府本不同，卻往往有與別的本子相同，如明顯奪字的彌補文字。可見，有正書局石印這個本子之前，對這個本子作過一些校勘和文字上的推敲工作。有所改動，又保留了底本的原文，想出這麼個覆蓋的辦法，便於拍照製版，又不使底本走樣，算得上是嚴肅認真的了。這個底本上不見狄氏的眉批，看來也是貼條拍照的。如果這個底本不是舊

> 藏本，而是臨時雇抄手繕寫的，就無須這樣煞費苦心增加許多手續了。其次，書中尚印有六處桐城張氏的藏書章也可說明這個底本不是有正書局臨時準備的。那麼，既曰舊藏本，舊到什麼程度雖然遽難下斷，但此本也有明顯的筆誤，如「又去十九日」，把「云」字誤為「去」，恐怕也不是戚蓼生當年敘的那個本子。（《文藝研究》1979 年第 2 期）

假定有正本是以俞恪士（或張開模）藏本為底本，「各種批註的情形就已如此」，都屬「乾隆舊本的脂批」，則「請著名小說家加以批評」云云，只能是狄葆賢的廣告術；若「請著名小說家加以批評」是真話，則有必要對批語（包括眉批、夾批、回前回後總批）的性質、來歷，作進一步的探考。

首先，眉批出狄葆賢本人之手，是舉世公認的。胡適先生早在一九二一年就指出：「戚本所有的『眉評』是狄楚青先生所加，評中提及他的『筆記』，可以為證。」（《胡適紅樓夢研究論述全編》，頁 190）請看第十三回的一條眉批：

> 余筆記中時載歐洲事蹟，如數千萬金之寶石、數百萬金之名畫等類，印成時其中「萬」字悉數刪去，變為「數千金」、「數萬金」字樣。蓋手民等意中，以謂世界上決無此等昂貴之物，必為筆誤無疑，故毅然改之。嗚呼，今之改《紅樓夢》者，其見識正相等也。

「余筆記」云云，就是狄葆賢的《平等閣筆記》。又第三回眉批云：「西餐將完時，有玻璃杯乘水一盂，以為洗手之用，某隨員不之知，誤飲之，西人傳為笑柄，亦此類也。」也是狄葆賢的手筆。

狄葆賢作眉批有一個特點，就是喜歡嘲笑「窮措大」。如第十三回棺木「也沒有人出價敢買」一語，眉批云：「『也沒有人出價敢買』句，今本改作『也沒有人買得起』。夫以京師之大，千金買棺者豈僅一賈府耶？乃知改者，必窮措大無疑。」第二十五回「那婆子出去了一時回來，果然寫了個五百兩銀子欠契來」，眉批云：「如此大事，如此大家，私寫五百兩銀子欠契，不得為多；今本改作五十兩。吾知擅改此句者，必為窮措大無疑。」兩條眉批，都與不同版本銀子多寡的異文有關。要了解當時的物價，看看為賈蓉捐龍禁尉花銀一千五百兩，就大致有數了。通行本（即所謂「今本」）說，一口棺材竟要千金，「有誰能買得起？」並不為過；在賈府毫無地位的趙姨娘，送馬道婆幾兩散碎銀子已不容易，「古本」居然讓她拿出「白花花一堆銀子」，還寫下五百兩銀子的欠契，簡直是夢話。可見，添加眉批以證明擅改的本子是「國初秘本原本」的，正是自以為見過大世面的有正書局老闆狄葆賢自己。

（三）「先印上半部十冊」

出版業界人士都懂得，將一部作品分冊分批付印，乃圖書行銷之大忌。有狄葆賢既得了完整的全本，為什麼不一次性推出，卻要分兩次付印？原因有正本的底本是沒有批語的白文本，所有的批語都是狄葆賢組織「著名小說家」撰寫的；在撰寫批語的過程中，也沒有任何現成的脂本可供參考。這一假定，可以從它分兩次付印的反常做法得到證實。在給「國初秘本原本紅樓夢」圓謊，要組織「著名小說家」撰寫必要的批語；而撰寫這些批語，又要有足夠的時間。彭崑崙先生反證「俞恪士贈書說」云：「當年得書，當年出版，也不合理。試問，狄平子加眉批和校勘的時間便沒有了。這起碼一至二年才能做到。」有正本之所以不得不分成兩部、在兩年中出版，就是為了添加批語之故。有正本批語的不均衡，同樣可以證明這一點。上半部因時間較為充裕，所以眉批、總批、夾批，一應俱全。但即使如此，作為批語主體的夾批，卻很不均衡：有夾批的是第一至五回、第七回、第九回、第十二至二十六回、第二十八回、第三十三至四十回，共三十一回；無夾批的是第六回、第八回、第十至十一回、第二十七回、第二十九至三十二回，共九回。造成這種不正常情況的原因，可能是「著名小說家」分工所致：一部分人按時完成任務，而另一部分人則不能如期交稿，只好將就付印。下半部由於時間更緊，只敷衍草率地趕寫出了總批，那些特別指明「與今本不同之點」的眉批，已來不及細細寫出，夾批只在第六十四回中加了兩條，一為注「鼐」字：「子之切，小鼎也。」一為黛玉〈五美吟〉下批：「〈五美吟〉與後〈十獨吟〉對照。」前者為一字注音釋義，實無必要，後者尤為不根之論，批者之張惶如是，蓋為心力不逮之故也。造成這種現象的主要原因，也是時間。試想，如果他手頭有現成脂硯齋的本子（如甲戌本）可供抄錄，為什麼對那麼多重要的批語會視而不見，以至留下如許缺憾來呢？

需要指出的是，有正本《石頭記》不是狄葆賢炮製「原本」的唯一案例，有正本《原本加批聊齋誌異》，也是他的傑作，合而觀之，尤可見出事情的實質。此本將《續黃粱》一篇置於卷首，以取代通行本以《考城隍》開卷的做法，並加眉批云：「俗本開卷乃係《考城隍》一則，曩閱之不知其何所用意，頗疑之。今見原本則以《續黃粱》一則冠首，乃知其用意所在。庸奴見識，以其開口說夢為不吉，乃特抽卻此則置之第五卷，而易取《考城隍》一則冠全書。噫嘻！誠不解是何肺腸也。」口氣一如有正本《紅樓夢》之眉批。此本對原著文字也多有篡易，如《續黃粱》將「齎天子手詔，召曾太師決國計」句中「決國計」，改為「定國計」，眉批云：「『定國計』明明指定鼎時諸二臣而言，俗刊本則改『定』為『決』，大錯！大錯！」將「一言之合，榮膺聖眷」句中「一言之合」四字抽去，而易之「以定鼎時區區之功」八字，眉批云：「俗本將『以定鼎時區區之功』八字刪去，易以『一言之合』四字。」據《聊齋誌異》版本研究專家楊海儒先生介紹：

> 有正本對原著近六十篇的篡改，竟達百餘處之多。其中，有的是「偷樑換柱」即在關鍵之處抽去原話填充偽作以改變文章主旨；有的是大段砍掉原文，字數少則幾十、多則數百乃至上千；有的是無中生有塞入偽造之說；有的是變有為無妄稱「原本無有」；有的是任意裁剪亂拼湊；有的竟亂改篇題另換名；還配以別有用心的眉批。如此折騰，其結果已使原著面目全非。通過有正本對原著的肆意篡改及其眉批所稱「俗本」與「原本」之說，明顯表現出編印者欲以「原本」自詡而統將他本斥之為「俗本」的不良用心。其目的，無非是藉以抬高其身價，矇騙讀者，以圖賺錢而已。僅就該本的分卷、目次、正文以及所引「呂注」《聊齋自志》等，即可識破其拙劣的騙局——其所用底本非他，正是被其斥之為「俗本」的青本（或同文本），之間存在的差異不過是編印者所作的手腳即對原著肆意篡改的結果罷了。其封面題簽「原本聊齋誌異」及其文中不署名的眉批，純係「此地無銀三百兩」耳。
>
> 有正本可謂是《聊齋誌異》諸版本中最不忠實於原著的版本。（《蒲松齡生平著述考辨》，中國書籍出版社，1994 年，頁 251-252）

楊海儒先生對狄葆賢的指責，好像沒有引起《聊齋》研究者的

「義憤」；可見，單憑個人情感而為狄葆賢「鳴冤」，是不可取的。

從胡適先生開始，紅學家強調狄葆賢只寫了眉批，有正本的其它批語，都是原本就有的。當我們摸清了狄葆賢的心態與眉批的路數，再來檢驗有正本的夾批時，立刻就有新的發現。彷彿是相互呼應似的，在上引某隨員誤飲洗手水的眉批下，有一條夾批云：「余看至此，故想日前所聞王敦初尚公主，登廁時不知塞鼻用棗，敦輒取而啖之，必為宮人鄙誚多矣。今黛玉若不漱此茶，或飲一口，不無榮婢所誚乎。觀此則知黛玉平生之心思過人。」某隨員誤飲洗手水，王敦登廁取啖塞鼻之棗，都是從「懸想」林黛玉若飲漱茶而生發的，足見寫眉批的狄葆賢與寫夾批的「余」，趣味完全一致。

最為觸目的是第三回「因見挨炕一溜三張椅子上，也搭著半舊彈墨椅袱」的一條夾批：

> 近聞一俗笑語云：一莊農人進京回家，眾人問曰：「你進京去，可見些個世面否？」莊人曰：「連皇帝老爺都見了。」眾罕然問曰：「皇帝如何景況？」莊人曰：「皇帝左手拿一金元寶，右手拿一銀元寶，馬上梢著一口代人參，行動人參不離口。一時要屙屎了，連擦屁股都用的是鵝黃綾子。所以京中掏毛廁的人都富貴無比。」試思凡稗官用「富貴」字眼者，悉皆莊農進京之一流也。蓋此時彼實未身經目睹，所言皆在情理之外焉。

基調仍是嘲笑「窮措大」一路，批者「近聞」之俗笑話，更充斥著對莊農人的鄙薄之意。笑話呼皇帝為「老爺」，說「皇帝左手拿一金元寶，右手拿一銀元寶，馬上梢著一口代人參，行動人參不離口，一時要屙屎了，連擦屁股都用的是鵝黃綾子」，說這種借題發揮的嘲諷出於「反清的革命黨人」狄葆賢筆下，而非「乾隆舊本的脂批」，大約不是毫無根據的罷。

第五十一回「薛小妹新編懷古詩，胡庸醫亂用虎狼藥」，回前總批云：

> 文有一語寫出大景者，如園中不見一女子句，伊然大家規模。疑是姑娘一語，又儼然庸醫口角，新醫行徑，筆大如椽。

「新醫」二字，洩露了加批的時代烙印。曾樸《孽海花》底稿所擬人物名單，把書中人物分歸「舊學時代」、「甲午時代」、「政變時代」、「庚子時代」、「革新時代」。什麼是「舊學」？「舊學」相對於「新學」而言。沒有「新學」，也就無所謂「舊學」。毛澤東說：「在『五四』以前，中國文化戰線上的鬥爭，是資產階級的新文化和封建階級的舊文化的鬥爭。在『五四』以前，學校與科舉之爭，新學與舊學之爭，西學與中學之爭，都帶有這種性質。」從西方引進的技術藝能、思維範疇、學說體系、社會理想等等，是「新學」的主要內涵。「新醫」概念與新學有關，故「新醫」一詞，只能出於與曾樸屬同一代人的狄葆賢筆下。

我們再來考察一首時代性隱藏較深的「題詩」。第四回回前第二首云：

> 請君著眼護官符，把筆悲傷說世途。
> 作者淚痕同我淚，燕山仍舊竇公無。

此詩向受紅學家的高度重視，並從中引出過不同的推論。《紅樓夢大辭典》有「『請君著眼護官符』一首」條，注釋道：

> 這是戚序本第四回回目之前的題詩，當是批書人所作。燕山竇公指竇禹鈞，五代・周漁陽人，官至諫議大夫，薦舉四方賢士，五子相繼登科。這裏借指世家大族的祖輩。詩的前兩句點明「護官符」的重要，提醒讀者不可等閒看過；後兩句字面上是問燕山竇公還在不在呢，實際上是感歎世家大族早已敗落了。（頁 646-647）

蔡義江先生《紅樓夢詩詞曲賦評注》說：

> 這是戚序本第四回回目之前的題詩，當是批書人、很可能就是脂硯齋所作。詩的末句說，燕山竇公現在還在不在呢？意思是早不在了。燕山竇公：指竇禹鈞，五代周漁陽人，官至諫議大夫。他任官時推舉了許多所謂「四方賢士」，藉此加強親附自己的勢力，鞏固地位。五個兒子儀、儼、侃、、僖相繼登科，時稱燕山竇氏五龍。這裏比作者的祖輩。
> 詩的前兩句強調《護官符》的重要，揭出作者藉此「怨時罵世」之文以抒內心悲憤的用意是很可貴的。後兩句可見批書人與作者的關係非同一般，曾引起一些研究者的注意。（團結出版社，1991 年，頁 412）

霍國玲先生《紅樓解夢》第三集以為，這條「批語表明：作者、批者為同體」：

> 批者利用「作者淚痕同我淚」一句，明白告訴讀者：作者、批者淚痕相同，以此表明：二者實為一人。最後一句用五代竇禹山（竇燕山）五子相繼登科成名之典，感歎曹氏家族子孫之落敗。（中國文學出版社，1997 年，頁 241）

劉耕路先生《紅樓夢詩詞解析》說：

> 竇公指的是五代時周代的竇禹鈞，是現在北京一帶的人。據說他教子有方，五個兒子都當了大官，成為封建時代的「模範家長」和後人羡慕的對象。詩中說：現在還有竇禹鈞那樣幸運的人嗎？批書人理解了作者寫「護官符」的用意，產生共鳴，流出了眼淚，最後一問透露出封建階級後繼無人的危機和悲哀。（吉林文史出版社，1999 年，頁 35）

四本著述對此詩的立意及作者的看法雖有差別，卻一致認定「燕山竇公」是竇禹鈞（《紅樓解夢》作「竇禹山」，或是手民之誤）。

《文心雕龍》卷八《事類》云：「事類者，蓋文章之外，據事以類義，援古以證今者也。」寫詩填詞時，略舉古代人事以表達的今義，稱為「用典」。「燕山仍舊竇公無」一句，將「燕山」（地名）與「竇公」（人的尊號）相配合，以構成一典，至少應具備以下要素：「竇公」是著名的歷史人物，且與「燕山」有密不可分的聯繫，如「謝公」（謝安）之與「東山」、「羊公」（羊祜）之與「峴山」然。「燕山＋竇公」，是詩作者表達「今義」的最佳方式，使讀者有「用舊合機，不啻自其口出」之感，充分領略其立意並產生強烈共鳴。上述諸家的解釋，是否具備這些要素呢？

首先，竇禹鈞雖不算著名歷史人物，新舊《五代史》均未為其立傳，但畢竟是有史鑒可查的人物。《宋史》卷二百六十三《竇儀傳》，就連帶述及作為傳主之父的竇禹鈞：

> 竇儀，字可象。薊州漁陽人。曾祖遜，玉田令。祖思恭，媯州司馬。父禹鈞，與兄禹錫皆以詞學名。禹鈞，唐天祐末起家幽

> 州掾，歷沂、鄧、安、同、鄭、華、宋、澶州支使判官。周初，為戶部郎中，賜金紫。顯德中，遷太常少卿、右諫議大夫致仕。……儀學問優博，風度峻整。弟儼、侃、、僖，皆相繼登科。馮道與禹鈞有舊，嘗贈詩，有「靈椿一株老，丹桂五枝芳」之句，縉紳多諷誦之，當時號為「竇氏五龍」。

據史籍記載，竇氏上溯至竇遜一輩，位不過縣令；竇禹鈞之父竇思恭，僅為州司馬；即便是竇禹鈞本人，起家幽州掾，歷任州支使判官，不過從八品；周初為戶部郎中，從六品；顯德中遷太常少卿，右諫議大夫，也只是從四品，無論立德、立功、立言，都無甚可稱道者。竇禹鈞最受推崇的，是教子有方，馮道《贈竇十》詩云：「燕山竇十郎，教子有義方。靈椿一株老，丹桂五枝芳。」（《全唐詩》卷737）此外，民間還流傳他的返金故事。陶宗儀《南村輟耕錄》卷二十三《葉氏還金》，述葉公政還金故事後，贊道：「葉郎還金，何愧竇禹鈞。」《醒世恒言》第十八卷借卷首詩「返金種得桂枝芬」，敘竇禹鈞官為諫議大夫，年三十而無子，夜夢祖父說道：「汝命中已該絕嗣，壽亦只在明歲，及早行善，或可少延。」禹鈞唯唯。一日薄暮，於延慶寺側拾得黃金三十兩、白金二百兩。次日清早，便往寺前守候。少頃，見一後生涕泣而來，禹鈞迎住問之，後生告知其父身犯重罪，禁於獄中，遍懇親知借白金二百兩、黃金三十兩，將去贖父，不慎遺失。禹鈞見其言已合銀數，乃袖中摸出還之，分外又贈銀兩而去。夜復夢祖先道：「汝合無子無壽，今有還金陰德種種，名掛天曹，特延算三紀，賜五子顯榮。」自此愈積陰功，後果連生五子，俱仕宋為顯官，壽至八十二，沐浴相別親戚，談笑而卒。

再從地名角度看，竇氏原籍薊州漁陽，薊州東南有燕山，冠以「燕山」二字，似無不可；但竇禹鈞離薊州久矣，除了與他有舊的馮道，別人恐不一定記得他是薊州人，知道他家鄉還有座燕山（《紅樓解夢》在「竇禹山」後括弧注「竇燕山」三字，彷彿他有此別號，因未交代出處，故不予置論）。再說，薊州籍名人甚多，絕不會只竇禹鈞一人；你既可說「燕山仍舊竇公無」，別人亦可說「燕山仍舊張公無」、「燕山仍舊李公無」，那又有什麼特別的詩味呢？

至於「燕山＋竇公」要表達的「今義」，《紅樓夢大辭典》以為：「後兩句字面上是問燕山竇公還在不在呢，實際上是感歎世家大族早已敗落了。」蔡義江先生說：「詩的末句說，燕山竇公現在還在不在呢？意思是早不在了。」劉耕路先生說：「現在還有竇禹鈞那樣幸運的人嗎？批書人理解了作者寫『護官符』的用意，產生共鳴，流出了眼淚，最後一問透露出封建階級後繼無人的危機和悲哀。」為了申明己意，三書都在「燕山仍舊竇公無」句後，打了問號。

這種理解對不對呢？首先，算不上「世家大族」的竇氏一門，竇遜→竇思恭→竇禹鈞→竇儀四代，其勢頭不是子孫落敗、後繼無人，而是興旺發達、蒸蒸日上。竇氏子孫之能光耀門庭，竟成為後人羨慕的「幸運的人」；「五子登科」的成語，就出於竇氏五子之相繼及第。如果說，隨著時光的流逝，「燕山仍舊在」，而竇禹鈞卻早不在了、亡故了，本是自然的法則，有什麼值得特別感傷呢？再說竇禹鈞的典故，與《紅樓夢》作者曹氏一族沒有任何聯繫，無論從什麼角度看，兩個家族也沒有可比性。竇禹鈞既不好比作「從龍入關」的「作者的祖輩」，竇氏子孫之興旺與曹氏子孫之落敗，更不可同日而語。如果說是借「竇氏五龍」相繼登科成名，來感歎曹氏家族子孫之落敗，那與「竇公無」有什麼相干呢？

實際上，詩裏的「燕山竇公」，指的是東漢的竇憲（？-92）。姑亦以上述要素衡量之：第一，竇憲是極為著名的歷史人物。據《後漢書》卷二十三《竇融列傳》，建初二年（77），竇憲的女弟被立為漢章帝劉的皇后，拜竇憲為郎，稍遷侍中、虎賁中郎將；弟竇篤，為黃門侍郎，「兄弟親幸，並侍宮省，賞賜累積，寵貴日盛，自王、主及陰、馬諸家，莫不畏憚」。永元元年（89），漢和帝劉肇即位，太后臨朝，竇憲以侍中，內幹機密，出宣誥命。弟竇篤為虎賁中郎將，竇景、竇瑰並中常侍，於是兄弟皆在親要之地。後以出師擊北匈奴功，拜竇憲為大將軍，封武陽侯，食邑二萬戶。憲固辭封，賜策許焉。論曰：「竇憲率羌胡邊雜之師，一舉而空朔庭，至乃追奔稽落之表，飲馬比鞮之曲，銘石負鼎，薦告清廟。」以竇憲的功績地位，方堪稱「公」，以至《後漢書》特予注明：「舊大將軍位在三公下，置官屬依太尉。憲威權震朝庭，公卿希旨，奏憲位次太傅下、三公上。」

第二，竇憲與「燕山」有密不可分的關聯，其程度甚至超過謝安之與「東山」、羊祜之與「峴山」。據史載，竇憲出師擊北匈奴於稽落山，大破之，斬名王以下萬三千級，獲生口、馬、牛、羊、橐駝百餘萬頭，遂登燕然山，去塞三千餘里，刻石勒功，紀漢威德，令班固作銘而還。竇憲登燕然山刻石勒功，遂為後世著名的典故，頻頻為詩人所採用。如唐代皇甫冉〈春思〉：「為問元戎竇車騎，何時反勒燕然？」明代高啟〈從軍行〉：「寧令竇車騎，獨擅勒燕然？」

也許有人會問，竇憲所登是燕然山，即今蒙古人民共和國的杭愛山，與薊州的燕山相隔數千里，怎能混為一談？其實，燕山正是燕然山的簡稱，請看以下例證：

1. 王昌齡〈雜曲歌辭・少年行二首〉：「西陵俠年少，送客過長亭。青槐夾兩路，白馬如流星。聞道羽書急，單于寇井陘。氣高輕赴難，誰顧燕山銘。」（《全唐詩》卷 24）
2. 虞世南〈從軍行二首〉：「蕭關遠無極，蒲海廣難依。沙磴離旌斷，晴川候馬歸。交河梁已畢，燕山旆欲揮。方知萬里相，侯服見光輝。」（《全唐詩》卷 36）

3. 崔融〈塞垣行〉:「昔我事討論，未嘗怠經籍。一朝棄筆硯，十年操矛戟。豈要黃河誓，須勒燕山石。可嗟牧羊臣，海外久為客。」(《全唐詩》卷 68)
4. 駱賓王〈邊夜有懷〉:「漢地行逾遠，燕山去不窮。城荒猶築怨，碣毀尚銘功。古戍煙塵滿，邊庭人事空。夜關明隴月，秋塞急胡風。」(《全唐詩》卷 79)
5. 張說〈破陣樂詞二首〉:「漢兵出頓金微，照日光明鐵衣。百里火幡焰焰，千行雲騎霏霏。蹙踏遼河自竭，鼓譟燕山可飛。正屬四方朝賀，端知萬舞皇威。」(《全唐詩》卷 89)
6. 徐堅〈奉和聖製送張說巡邊〉:「聖錫加恒數，天文耀寵光。出郊開帳飲，寅餞盛離章。雨濯梅林潤，風清麥野涼。燕山應勒頌，麟閣佇名揚。」(《全唐詩》卷 107)
7. 劉長卿〈平蕃曲三首〉:「絕漠大軍還，平沙獨戍閒。空留一片石，萬古在燕山。」(《全唐詩》卷 148)
8. 杜甫〈奉酬薛十二丈判官見贈〉:「欲學鴟夷子，待勒燕山銘。誰重斷蛇劍，致君君未聽。志在麒麟閣，無心雲母屏。」(《全唐詩》卷 222)
9. 鮑溶〈秋思三首〉:「秋日邊馬思，武夫不遑寧。燕歌易水怨，劍舞蛟龍腥。風折連枝樹，水翻無蒂萍。立身多門戶，何必燕山銘。」(《全唐詩》卷 486)
10. 溫庭筠〈中書令裴公輓歌詞二首〉:「王儉風華首，蕭何社稷臣。丹陽布衣客，蓮渚白頭人。銘勒燕山暮，碑沉漢水春。從今虛醉飽，無復污車茵。」(《全唐詩》卷 577)
11. 陸龜蒙〈寄懷華陽道士〉:「初征漢棧宜飛檄，待破燕山好勒銘。六轡未收千里馬，一囊空負九秋螢。」(《全唐詩》卷 626)

12.秦韜玉〈邊將〉:「劍光如電馬如風，百捷長輕是掌中。無定河邊蕃將死，受降城外虜塵空。旗縫雁翅和竿嫋，箭雕翎逐隼雄。自指燕山最高石，不知誰為勒殊功。」(《全唐詩》卷 670)

所有這些詩中提到的「燕山銘」、「燕山旆」、「燕山石」、「燕山飛」、「燕山暮」，指的都是燕然山，而且都與竇憲的武功密切相關。

第三，「請君著眼護官符，把筆悲傷說世途」二句，指的是《紅樓夢》賈王史薛四家，皆連絡有親，一損俱損，一榮俱榮，扶持遮飾，皆有照應，正與竇氏兄弟一門充滿朝廷，驕縱不法的情況相似。竇憲之妹為皇后，寶玉之姊為皇妃；竇憲最後被逼令自殺，賈府則門抄家。此詩的真義是：如今《紅樓夢》以其藝術的魅力，仍在人間廣為流傳，而它所寫的故事連同它的作者，都早已成為歷史陳跡，正如燕然山仍舊雄踞在漠北，刻有班固《封燕然山銘》的石碑仍舊聳立山巔，而它所讚美的顯赫一時的竇憲卻永遠消失了。「燕山＋竇公」，「燕山仍舊竇公無」的典故，遂成了表達「作者淚痕同我淚」的「今義」的最佳方式。

有正本中類似的「題詩」甚多，吳世昌先生曾斥責它們是劣詩：

有的平仄舛錯：如第二十一回七絕：「不惜恩愛為良人……俗子婦渾可笑……」第四十回前七絕：「兩宴不覺已深秋，惜春只如畫春遊。」第四十二回前七絕：「見得古人原立意，不正心身總莫論。」第四十三回前七絕：「了與不了在心頭，迷卻原來難自由。」第六十四回末七絕：「父母者於子女間，莫失教訓說前緣。」這些劣詩，真是「渾可笑」。有的詞文殘缺：如第五回前之〈一翦梅〉，缺末三句；第二十回，第二十二

> 回，第七十九回前面各詞為〈西江月〉，每首只做成半首，而其中又有平仄韻腳錯誤；第二十八回末為〈菩薩蠻〉上半，但平仄韻腳不合；第四十四回前的半首〈南歌子〉，平仄又誤；第四十七回前之〈點絳唇〉，平仄韻腳俱誤。有正印時故意刪去詞調名，使讀者不便查對，以掩其外錯不全。這些詩詞大都惡劣不堪，甚至文理不通。除上文已引者外，他如第二回末七絕：「何妨黛玉淚淋淋」，第三回前，第十回前，第十一回前，第十一回末的七絕，均庸俗不堪。第三十六回前七絕云：「劃薔亦自非容易，解得臣忠子也良。」齡官畫「薔」怎能「解得臣忠子也良」？真是冬烘到不知所云。這些劣詩似出一人之手，其思想內容的膚淺貧乏是一致的，例如第六、八、十、十一、十二、十三各回共有六七絕，卻有五首只在一個「幻」字上做文章：「總是幻情無了處」「幻情濃處故多嗔」「新樣幻情慾收拾」「幻夢無端換境生」「幻中夢里語驚人」。又如第二十六回前一首曲子，末兩句說：「真真假假事甚疑，哭向花林月底。」同回末了又是一曲子，末句說：「罔多疑，空向花枝哭月底」，顯係一人所作，而其人之思想貧乏可見。（《紅樓探源》，頁 129）

他敏銳地看出有正本的評語詩詞，都是後來增添的。現在既明白了「燕山竇公」之所指，再來看詩作者（批者）與《紅樓夢》的關係，就非常清楚了。有正本回目之前有「題詩」或批語的，不止第四回一處。如第六十八回回前總批曰：「余讀《左氏》見鄭莊，讀《後漢》見魏武，謂古之大奸巨猾，惟此為最；今讀《石頭記》，又見鳳姐作威作福，用柔用剛，占步高，留步寬，殺得死，救得活，天生此等人，斫喪元氣不少。」證明批者是讀過《後漢書》的，這就為「燕山寶公」確是竇憲找到一條側證。此批將《石頭記》與《左氏傳》、《後漢書》相提並論，以鳳姐與鄭莊公、魏武帝等量齊觀，可見在批者心目中，鳳姐同樣也是古人。第四十二回回前「題詩」曰：「誰說詩書解誤人？豪華相尚失天真。見得古人原立意，不正心身總莫論。」這裏「誰說詩書解誤人」的「誰」，是指哪一位呢？原來在有正本中，寶釵對黛玉說了一番話：「咱們女孩兒家，不認得字的好。男人們讀書不明理，尚且不如不讀書的好，何況你我，就連作詩寫字等事，這並非你我分內之事，究竟也不是男人分內之事。男人們讀書明理，輔國治民，這便好了。只是能有幾個這樣，讀了書到更壞了。這是讀書誤了他，可惜他到把書糟蹋了，所以到是耕種買賣，到沒什麼大害處。你我只該做些針線之事才是，偏又認得了字；既認得了字，不過揀那正經書看看也罷了，最怕是見了些雜書，移了性情，就不可救了。」一聲「誰說詩書解誤人」，說明批書人心目中已寶釵和鳳姐一樣，視為「古人」了。不僅小說中人是古人，小說的作者也是古人。第二十二回回後總批曰：「作者具菩提心，捉筆現身設法，每於言外警人，再三再四；而讀者但以小說古詞目之，則大罪過。」提醒讀者不要將《紅樓夢》「以小說古詞目之」，則他早已視《紅樓夢》為「小說古詞」了。這些「題詩」和批語絕不是作者同時人之所為，更不可能存在「作者批者為同體」的可能。

魏紹昌先生指出，有正本「楷法嚴謹，字體工整，一氣呵成」，「看來是由於一手從頭到尾抄成的」(《紅樓夢版本小考》，頁 14)。既然眉批肯定是狄葆賢所加，而眉批又與正文筆跡一致，足以表明上石之前是經過重抄的。有正本的座標，只能定在西元一九一一年。

二　第一條「線路」的求證

將有正本的座標定在一九一一年，並不意味著有正本的一切都出於一九一一年，這是不言而喻的。首先，有正本的文本，仍然是小說《紅樓夢》；它與所有《紅樓夢》版本的差別，總體上還只是「微有異同」。以版本學的尺度衡量，不同版本《紅樓夢》間的差距，不比不同版本《水滸傳》、《三國演義》和《金瓶梅》的大；其間異文的紛繁複雜程度，甚至不及楊定見本之與雙峰堂本、葉逢春本之與黃正甫本、詞話本之與第一奇書本。那麼，為什麼唯獨《紅樓夢》如此牽動人的心智乃至情感呢？根子在於：《水滸傳》、《三國演義》和《金瓶梅》都沒有出現號稱「稿本」的抄本，金聖歎、毛宗崗、張竹坡也都不曾榮幸地升格為作者的「親人」。

其次，有正本的批語，也不能肯定全是狄葆賢之所為；要絕對排除「舊時批語」的存留，還需要尋求更多的證據。為了處理好這一問題，應該效法楊光漢先生探討孫桐生與甲戌本糾葛，從兩個方面思考的辯證態度。如對劉銓福未在甲戌本添加一字的現象，他先作出兩種假定：「一、劉氏作為一位藏書家，懂得保存藏書原貌的重要，不肯點染；二、全書批語均為劉氏化名脂硯齋而作，並請抄手一手過錄，故自己不必再作添加。」（〈甲戌本·劉銓福·孫桐生〉，《孫桐生研究》，頁 56）然後進行自己以為是合理的推論，體現了一種良好的學風。對於有正本的批語，我也準備從正反兩個視角審鑒，承認存在著兩種可能的結果。具體說來，就有兩條可供選擇的「線路」：

第一條：脂本是脂硯齋乾隆間評閱的本子，後來為戚蓼生所得，最後傳到狄葆賢手中，遂演變為一九一一年石印的有正本。線路的順序是：脂硯齋 → 戚蓼生 → 狄葆賢；

第二條：一九二七年出現的《脂硯齋重評石頭記》（特別是號

「脂硯齋」者的批語)，是據一九一一年有正本改易而來。線路的順序是：狄葆賢 →脂硯齋。

面對這兩條「線路」的假定，相信研究者決不會毫無所作為，更不會處於「說真的有何確證？說假的又何以斷定」的「永遠也糾纏不清」的狀態。遵循「證據開示」的公平原則，先從第一條「線路」的求證開始。為此，先重申幾條大的前提：

第一，對於脂本和脂批的假定。茲採用吳世昌先生的表述：

> 從作者的時代（18 世紀中葉）到一七九一年（乾隆五十六年辛亥)。這時期的前八十回原稿傳抄本，全部是曹雪芹的作品，並附有脂硯齋的評注，多至三千餘條。這些評注幾乎全部是脂硯齋所寫，只有極少數的幾條是別人的，評注年代可考者，從甲戌（1754）以前到甲午（1774)，前後繼續達二十多年。在乾隆辛亥（1791）以前，所有本子，大概都是《脂硯齋重評石頭記》或從脂本出來的傳抄本。因為脂硯確切知道作者的生平及其家庭背景，了解此書的原有計劃，又看過未失去以前的作者手稿，所以他的評語深切翔實，透露出許多有關作者本人、家世和此書成書經過的消息。可是從一七九一至一七九二年程偉元的一百二十回本《紅樓夢》刊行以後的一百多年，實際上停止了八十回抄本的流傳。我們必須記得，雪芹的朋友和同時人所見到、談到、評到的《紅樓夢》，都是指八十回的原本，不是現在的一百二十回本。(《紅樓探源》，北京出版社，2000 年，頁 4-5)

為了求證的便利，對於此項假定，暫且不提出任何異議。

第二，對於戚蓼生與脂本關係的假定。茲採用趙岡、陳鍾毅先生的表述：

有正本的底本看來像是一位曹家人在己卯年從脂硯手中的定本過錄而得。所有的雙行夾批只到己卯年為止，缺少己卯冬的脂硯齋批及壬午、甲申、乙酉、丁亥各年畸笏批。有正本上的許多總評，是其它各脂評本所未見者，似是此人後來所加。他在第五十四回總批中寫「都中旺族首吾門」，似是曹家本家人。……我們要強調指出的是，有正本雖然是最早從脂硯齋手中分化出來的稿本，但其內容與格式並非最接近脂硯齋當年己卯底本的樣子。這位曹家人士增加了許多回首回尾總評，又把尚未分開的第十七、十八、十九等回分開，冠以回目。此外還有若干字句上的增刪修補。經過一次過錄以後，過錄本落入戚蓼生手中。戚是浙江人，但是曾在乾隆三十四年（1769）赴京參加會試。過錄本可能是在此年以後才買到。他也可能有些零星的改動。……最有趣的是有正本將批語中的「脂硯」、「脂硯齋」、「脂硯齋評」、「脂硯齋再筆」等署名都刪掉而代以其它的字，如「來矣」、「寫出來矣」、「奈何」、「者也」、「如見」、「妙甚」,「確甚」等。據我們推測這些都是戚蓼生所改。戚蓼生的叔叔戚朝桂手中有一塊傳家寶硯，是雍正皇帝賜給戚朝桂之父戚麟祥的。這塊硯傳到戚朝桂手中，他便因此自號「硯齋」。戚蓼生買得這個八十回《石頭記》抄本，上面都已抄就這許多「脂硯齋」的署名。他恐怕別人誤會這些批語是他叔父戚朝桂所作，就把這些署名全都塗去，而在原來的地位上代以其它的字。如果原來的署名是兩個字，則代以「來矣」,「者也」等兩個字，如果原來的署名是四個字，則代以「寫出來矣」等四字。這樣就露不出來塗改後的空檔。這些塗改之處，到了石印本上，已經看不出痕跡了。(《紅樓夢新探》，頁 81-82)

趙岡先生關於脂本的表述，對吳世昌先生的說法有所修正；而有關戚蓼生的部分，顯然是從俞平伯先生那裏承襲來的。一九二三年，俞先生曾推測有正本「決是輾轉傳鈔後的本子，不但不免錯誤，且也不免改竄」(《俞平伯論紅樓夢》，頁 156)。對其中的批語，則審慎地推論道：「戚本底評和注，不知是誰做的？（第四十一回末，詩評署立松軒。）也不知是否一人做的？看他們（？）說話相呼應，即不是一人，也必是同時人。他們（？）底年代，也決不晚於高鶚。」(《俞平伯論紅樓夢》，頁 274）到了一九五三年輯錄脂批時，雖將有正本歸入「脂硯齋系統的本子」，但有保留地說：有正本批語「但凡遇見評注原附記脂硯齋字樣的一起改去，不知什麼意思。在回首回末都附總評（只六十七回缺），有些出脂評，有些不是，總比較晚一點（大概此人亦作者的本家，如第五十四回總批有『都中旺族首吾門』。是否僅出一人之手，亦不可知）。」(《俞平伯論紅樓夢》，頁 922）順著他的思路，趙岡先生在脂硯齋與戚蓼生之間，增加了一個中間環節——某一位「曹家人士」：說他增加了許多的回首回尾總評，又把尚未分開的第十七、十八、十九等回分開，並對若干字句進行了增刪修補。對於這一假定，我們從邏輯上也暫不提出異議。

令人感到興趣的，是趙岡先生關於戚蓼生刪去署名的「假定」。他說，戚蓼生叔叔戚朝桂自號「硯齋」，戚蓼生見抄本批語有「脂硯齋」的署名，恐怕別人誤會是他叔父所作，就把這些署名全都塗去了。這一推論，實源於周汝昌先生。查《戚蓼生考》一文，曾列《戚氏暫定世系表》，首先揭示維屏（戚蓼生之高祖）→戚依（戚蓼生之曾祖）→祖庸（戚蓼生之祖）→振鷺（戚蓼生之父）一支，然後寫道：

> 不免暫且按下這一支，接表戚維屏的嫡系：維屏生子名玫，玫

以子麟祥贈「奉政大夫翰林院侍講學士」。麟祥字聖來，號瓶谷，康熙四十四年乙酉科舉人，四十八年己丑科進士，官至翰林院侍讀學士；有文才，精數理，資望和查慎行、湯右曾相埒。又能詩，著有《紅稻書屋遺稿》二卷、《四六擷藻》六卷、《輿地纂要》十二卷、《瓶谷筆記》。後來因為納了故禮部尚書蔡升元的遺妾，他出身本是蔡的門下，犯了「卑幼擅娶尊長妾」的罪名，發遣寧古塔，到乾隆元年才赦還。（關於他這一段納妾的醜聞，《永憲錄》有記載。）他初事康熙朝，雍正繼位後，曾把「先皇帝」的一塊遺硯賜他，這塊硯傳到他小兒子朝桂手裏，因此取了「硯齋」的別號。（《紅樓真本》，北京圖書館出版社，1998 年，頁 115-116）

在周汝昌先生所擬《戚氏暫定世系表》中，連接戚維屏與戚依的是一條虛線，中間還用括弧框起一個問號——「（？）」，說：「戚依是維屏的兒子，還是侄子，已不可考。維屏有子名『玫』，與『依』不相排屬，且以下兩輩，名字也不排字或偏旁，所以我疑心戚依與維屏的關係可能較遠。」（《紅樓真本》，頁 113-114）可見，戚蓼生與戚朝桂的關係尚且有待考定，斷言戚蓼生將署名刪去，是恐讀者混同於戚朝桂的「硯齋」，主觀揣測的成分實在太大。

書齋之中，必有紙硯。文人取號為「硯齋」者，諒非戚朝桂一人。如大名鼎鼎的張廷玉（1672-1755），就自號「硯齋」。張廷玉的地位和名氣，皆非戚朝桂可望其項背，戚蓼生不會不知，「誤會」云云，絕無可能。再說號中有「硯齋」二字的人，就更多了。比張廷玉早的有袁宏道（1568-1610），《袁中郎集》卷四十五至四十七為《破硯齋集》；錢牧齋《初學集》四三《保硯齋記》云：「保硯齋者，戈子莊樂奉其先人文甫所藏唐式端研，以詒其子棠，而以名其齋也。戈子攜其子過余山中，薰沐肅拜而請為之記。」戈汕，字莊樂，號豈庵，明蘇州府常熟人。牧齋此記，作於崇禎庚辰（1640）。上面兩位都是明人。清人名號中有「硯齋」二字者，計有：

1. 何焯（1661-1722），家有「齎硯齋」，藏書數萬卷，宋元舊槧甚多。
2. 樓儼，字敬思，康熙間曾分纂《詞譜》，有《洗硯齋集》。
3. 伊朝棟（1729-1807），有《賜硯齋集》。
4. 沈赤然（1745-1816），有《五硯齋文鈔》十卷，《詩鈔》二十卷。
5. 趙信撰，乾隆元年舉鴻博，不中，有《秀硯齋吟稿》二卷。
6. 孫蕙意，有《貽硯齋詩稿》四卷。
7. 花曉亭（傑），嘉慶戊寅科（1818）鄉舉第二名，有《寶硯齋詩鈔》。
8. 陳鱣（1753-1817），有《松硯齋隨筆》等。
9. 袁廷檮（1764-1810），號「三硯齋」。
10. 鄧廷楨（1775-1846），有《雙硯齋詞》二卷。
11. 戴熙（1805-1860），有《賜硯齋題畫偶錄》
12. 汪鋆（1816-？），有《十二硯齋金石過眼錄》十八卷。
13. 吳丙湘，光緒乙酉（1885）刻《傳硯齋叢書》。

又，黃山腳下屯溪老街，至今有許多名以「硯齋」、「硯堂」的硯鋪，如「千硯齋」、「三百硯齋」、「多硯齋」、「寶硯堂」、「多硯堂」等，是否為古老之店鋪，已不可考。然號「硯齋」乃司空見慣之事，上舉諸人都比戚朝桂有名，其中伊朝棟、戴熙之號「賜硯齋」，其硯也許都有不凡的來歷。特別值得一提的是沈赤然。據周汝昌先生考證，赤然初名玉輝，字韞山。後應童生試改名赤熊，而字如舊。乾隆二十九年（1764）入德清縣縣學，案發而誤其名之「熊」為「然」，遂從「榜名」。曾官豐潤令。其為人有「硯癖、書畫癖」，而皆以貧故，其癖得不甚；好遊、好酒，亦因貧不不得縱意。交吳錫麟、章學誠等人。其《五硯齋詩鈔》卷十三《青鞋集》，收有《曹雪芹〈紅樓夢〉題詞四首》：

> 名園甲第壓都莊，鵜鶩年年饜稻粱。絕代仙姝歸一處，可人情景雙光。花欄夜宴雲鬟濕，雪館寒吟繡口香。只有顰顰無限恨，背人清淚漬衣裳。
>
> 兩小何曾割臂盟，幾年憐我我憐卿。徒知漆已投膠固，豈料花偏接木生。心血吐肝情未斷，骨灰飛盡恨難平。癡郎猶自尋前約，空館蕭蕭竹葉聲。
>
> 仙草神瑛事大奇，妄言妄聽未須疑。如何骨出心搖日，永絕枝連蒂並時。獨寢既教幽夢隔，遊仙又見畫簾垂。不知作者緣何恨？缺陷長留萬古悲。
>
> 月老紅絲只筆間，試磨奚墨為刊刪。良緣合讓林先薛，國色難分燕與環。萬里雲霄春得意，一庭蘭玉晝長閒。逍遙寶笈琅函側，同躡青鸞過海山。

《五硯齋詩鈔》為編年體，自《鴻爪集》始丙戌，至《青鞋集》開卷則乙卯，四律即作於乾隆六十年乙卯（1795）。(《紅樓夢新證》，頁 1079-1080）另據周汝昌先生推測，戚蓼生生於雍正十年（1732），乾隆二十七年（1762）中舉，三十四年（1769）登進士第，四十七年

（1782）出守南康，作鹽法道；五十六年（1791）作按察使，次年（1792）卒於任。且推想他於三十四年（1769）到京應試，正《石頭記》盛行之時，廟市爭售鈔本，便買得一部，作序大概不出此時前後。（《紅樓夢新證》，頁 121）沈赤然較戚蓼生略小，基本上可算作同代人。若脂硯齋之《石頭記》果真大為盛行，沈赤然亦當有所耳聞，卻坦然自號「五硯齋」，未想到會與大名鼎鼎的脂硯齋「撞車」，足以反證戚蓼生擔心讀者將脂硯齋與戚朝桂的「硯齋」混淆，而把脂硯齋署名刪去之說，純屬想當然之詞。

第三，對於狄葆賢與脂本關係的假定。由於「曹氏人士」與戚蓼生兩個中介之說，都缺乏可檢驗性，只能徑直進入對狄葆賢與脂本關係的探討。茲仍採用趙岡、陳鍾毅先生的表述：

> 石印本的書名是《國初抄本原本紅樓夢》，可是戚則稱《石頭記序》。騎縫上也寫《石頭記》，足證原書是以石頭記為名。原書有雙行夾批，及回前後總評。但前四十回有近人眉批，由狄葆賢親筆寫在書眉。第六十八回等亦經狄葆賢刪改。第二次小字石印本上，第六十八回狄葆賢刪改處已無筆跡，但第四十一至八十回又補了許多眉批，均繫近人所作。其中有一兩條總評也可能是近人所作，例如「默思作者……」及「情之變態」等。前者表示批書人根本不認識作者，只是根據文字內容，猜想作者如何如何，後者則是用的現代化新名詞。（《紅樓夢新探》，頁 80-81）

又說：

> 最後狄平子自己又加上了一些批語，並將第六十八回等加以刪

改。狄平子還曾以每千字三元至十元的酬金徵求批語。雖然這些批語我們還可以設法剔除，但狄平子對正文的改動則已無法一一鑒別。(《紅樓夢新探》，頁 82)

細心的趙岡先生已經注意到兩點重要事實：1、狄平子曾以每千字三元至十元的酬金徵求批語；2、批語中有諸如「情之變態」等「現代化新名詞」。這雖不影響有正本底本是「乾隆舊本」的判斷，但承認有正本是經後人改動（不論是曹氏人士，還是戚蓼生、狄葆賢）的本子，是一個大的進步。問題的癥結是，脂批的基本內容是否被有正本繼承？換句話說，有正本的批語，是不是真正的脂批？要解決這些疑問，最好的辦法是比較。從總體上看，大約存在以下三種情況：

一、有的批語為脂本與有正本所共有，或僅在個別字句上略有差異；

二、有的批語只出現在脂本上，到有正本上卻「消失」了；

三、有的批語脂本上本來沒有，而在有正本上卻「出現」了。

先來考察第一種情況。脂本與有正本「共有」卻略有差異的批語，最突出的莫過於署名的批語。試看下列例句：

1. J0124【●己卯夾】:「所謂好事多磨也。脂研。」
   【有正夾】:「所謂好事多磨也，奈何。」
2. J0139【●己卯夾】:「補前文之未到，且並將香菱身份寫出。脂研。」
   【有正夾】:「補前文之未到，且並將香菱身份寫出來矣。」
3. J0151【●己卯夾】:「於閨閣中作此語，直與擊壤同聲。脂研。」

【有正夾】:「於閨閣中作此語，直與擊壤同聲者也。」

4. J0161【●己卯夾】:「寫賈薔乖處。脂研。」

   【有正夾】:「寫賈薔乖處如見。」

5. J0162【●己卯夾】:「阿鳳欺人處如此。忽又寫到利弊，真令人一歎。脂硯。」

   【有正夾】:「阿鳳欺人處如此。忽又寫到利弊，真令人一歎也。」

6. J0401【●己卯夾】:「若都寫的出來，何以見此書中之妙？脂研。」

   【有正夾】:「若都寫的出來，何以見此書中之妙耶？」

7. J0417【●己卯夾】:「連用三『又』字，上文一個『百般』，神理活現。脂硯。」

   【有正夾】:「連用三『又』字，上文一個『百般』，神理活現紙上。」

8. J0494【●己卯夾】:「一段情結。脂硯。」

   【有正夾】:「一段情結，妙甚。」

9. J0497【●己卯夾】:「四字妙評。脂硯。」

   【有正夾】:「四字妙評。確甚。」

10. J0508【●己卯夾】:「脂硯齋所謂不知是何心思，始得口出此等不成話之至奇至妙之話。諸公請如何解得，如何評論？所勸者正為此，偏於勸時一犯，妙甚。」

    【有正夾】:「此評者所謂不知是何心思，始得口出此等不成話之至奇至妙之話。請諸公如何解得，如何評論？所勸者正為此，偏於勸時一犯，妙甚。」

周汝昌先生認為，署名是被有正本刪去的。他說：「最可笑的是戚本，他好像不明白這個署名是什麼玩藝兒，不但刪去，而且還添上別的字充數。例如庚辰本第十六回一夾批云：『補前文之未到，且並將香菱身份寫出。——脂研。』戚本無『脂研』字樣，卻多出『來矣』兩字，以致末句變成『寫出來矣』，令人絕倒。其餘類比者有很多處，杜撰的字如『奈何』、『者也』、『如見』、『理』、『也』、『紙上』、『妙甚』、『確甚』等閒話，全是刪掉『脂硯』又接上文而續出來的！」（《紅樓夢新證》，頁 842）

這個問題，其實也可以倒轉來看。如 J0151【●己卯夾】「於閨閣中作此語，直與擊壤同聲。脂研。」而 A1243【◎甲戌夾】作：「於閨閣中作此語，直與擊壤同聲。」早出的甲戌本亦無「脂研」二字，可見署名正是己卯本、庚辰本所後加。再如第十九回批語的「一段情結」，後面該不該加「妙甚」？按本回敘襲人母兄要贖她回去，襲人堅執不肯；及至寶玉來訪，「他二人又是那般景況，他母子二人心下更明白了，越發石頭落了地，而且是意外之想，彼此放心，再無贖念了。」在這一段話中，有正本與己卯本、庚辰本都加了兩條批語，一條在「他二人又是那般景況」之下：

> J0493【●己卯夾】：「一件閒事一句閒文皆無，警甚。」（庚辰本、有正本同）

一條在「彼此放心，再無贖念了」之下：

> J0494【●己卯夾】：「一段情結。脂硯。」（庚辰本同。有正本「脂硯」作「妙甚」）

這兩條批語文情勾連，句式整飭，「警甚」、「妙甚」，先後呼應。

己卯本、庚辰本為添加「脂研」二字，將「妙甚」刪去，顯係後來所為。周汝昌先生對此後來好像改變了看法，說：「戚本只稱《石頭記》，而不冠以『脂硯齋重評』字樣；所有各脂批原有脂硯的署名的，戚本掃數去盡，絕無遺跡。我覺得這些也分明是此本晚於其它脂本、重經整理過的證據。——這次整理，作此處置，出於誰手？是脂硯齋後來忽然因故變了主意，要去掉自己的一切句號，務從韜晦？還是晚於他的人不肯存其痕跡徑為消滅？這種斷案一時難下，提出來以等專家解決。」(《紅樓真本》，頁 132）看來，用純思辨的方法去認定誰改動了誰，已難以一時廓清。我們不妨暫用「過錄本」的概念，從抄本錄的規律來加以辨別。

早在一九三三年，胡適〈跋乾隆庚辰本《脂硯齋重評石頭記》鈔本〉說，庚辰本是「乾隆庚辰秋寫定本的過錄本」，「甲戌本也是過錄之本」(《胡適紅樓夢研究論述全編》，頁 198-199）。趙岡先生發揮道：「我們所謂的過錄本是指從脂硯齋和畸笏叟手中的底本再度過錄而成者。現在要問的是：有什麼證據可以證明這些抄本是我們所謂的過錄本呢？證據是有的。不過俞平伯等人所提出的若干證據卻是不合邏輯的。他們往往舉出這些抄錄的正文中有誤抄之字。其實，正文中的誤抄之處不能證明此點，因為脂硯齋從雪芹原稿中抄錄時，已經有過一番過錄正文的手續，可能發生這種誤抄之情形。要證明這些抄本是我們所謂的過錄本必須證明批語都是過錄而來，而不是由原來批者自己所寫的。」他提出的第一項證據，就是「批語中往往有錯字」：「這些錯字不是寫批時錯寫的，而是抄錄時誤抄的，因為它們是形誤，而非音誤（即不是寫的別字)。」(《紅樓夢新探》，頁 70)

「過錄」一詞並不常見，《王荊文公詩注》翁方綱跋語云：「乾隆戊戌秋，海鹽張明經芑堂（燕昌）語餘，曾於杭州見宋槧李雁湖注《王半山詩》卷一之三、卷十五之十八、卷廿三之廿九、卷四十五之四十七。每卷有庚寅增注，又注中每有較近日刻本多出數條者，並以篋中所鈔魏鶴山序見示。後二年庚子秋，同年盧抱經學士來都，談及是書，則抱經影寫一本。今審是過錄，非影也。因乞抱經寄其本來假抄之。」影寫是版本學術語，指以優質紙張蒙在所據底本之上，照其點畫行款描寫，以示與原書不差分毫，其作用猶如今日之影印或複印。「過」則有轉移之意（至今有「過戶」一詞，即將戶頭由此轉移到彼），「過錄」雖稍差於影寫，但將底本文字忠實抄錄下來，則是首要的任務。過錄雖亦難免出錯，但必須是無意造成；若發現是主觀的改易，就沒有資格稱作過錄了。據統計，甲戌本脂批共一五八七條，與有正本批語相同或相近者四九五條，占百分之三十一點一九；己卯本脂批共七五四條，與有正本相同或相近者六六二條，占百分之八十七點八；庚辰本脂批共二三一九條，與有正本相同或相近者九二一條，占百分之三十九點七一。這就為證明有正本到底是不是脂本的過錄本，提供了充分的基礎。為節省篇幅，擬以己卯本與有正本為考察重點。茲據不同情況，將兩本分成三大部分：

第一部分：第一至十一回。己卯本批語僅十五條，多為側批，用俞平伯先生的話說，都是「全沒相干之評」，與有正本批語全然不同，故置而不論。

第三部分：第四十一回以後。己卯本批語共五十六條，也與有正本無關，亦暫置而不論。

第二部分：第十二至四十回。在這部分中，己卯本脂批共六八二條，占全部七五一條批語的百分之九十點八一。各回與有正本批語的異同如下：

第十二回　己卯本脂批四十一條，與有正同或近者四十一條，占百分之百。

第十三回　己卯本脂批二十條，與有正同或近者二十條，占百分之百。

第十四回　己卯本脂批八條，與有正同或近者八條，占百分之百。

第十五回　己卯本脂批三十八條，與有正同或近者三十六條，占百分之九十四點七四。

第十六回　己卯本脂批五十八條，與有正同或近者五十八條，占百分之百。

第十七至十八回　己卯本脂批二〇六條，與有正同或近者二〇一條，占百分之九十七點五七。

第十九回　己卯本脂批一八六條，與有正同或近者一八六條，占百分之百。

第二十回　己卯本脂批十六條，與有正同或近者十六條，占百分之百。

第三十一回　己卯本脂批三條，與有正同或近者三條，占百分之百。

第三十二回　己卯本脂批一條，與有正同或近者一條，占百分之百。

第三十三回　己卯本脂批一條，與有正同或近者一條，占百分之百。

第三十四回　己卯本脂批一條，與有正同或近者一條，占百分之百。

第三十五回　己卯本脂批一條，與有正同或近者一條，占百分之百。

第三十六回　己卯本脂批六條，與有正同或近者五條，占8.33%。

第三十七回　己卯本脂批五十九條，與有正同或近者五十一條，占 86.44%。

第三十八回　己卯本脂批二十一條，與有正同或近者十八條，占 85.71%。

第三十九回　己卯本脂批十四條，與有正同或近者十三條，占 92.86%。

第四十回　己卯本脂批二條，與有正同或近者二條，占百分之百。

己卯本這一部分六八二條脂批中，與有正本相同或相近者多達六六二條，占百分之九十七點零六；文字完全相同的占絕大多數，只有少量批語存有異文，正好為從「過錄」角度考定二者的關係，提供了充分的便利。

這些異文中，最惹人眼目的是己卯本大量的錯字別字。如：

1. J0037【●己卯夾】:「此搭連猶是士隱所背者乎？」(「背」不通，【有正夾】作「搶背」)；
2. J0093【●己卯夾】:「人生難聚，亦未常不如此也。」(【有正夾】「未常」作「未嘗」)；
3. J0112【●己卯夾】:「話無頭緒，可知張家禮缺。」(【有正夾】「禮缺」作「理屈」)；
4. J0146【●己卯夾】:「一段趙嫗討情閒文，卻引出道部脈絡。」(「道部」不通，【有正夾】作「通部」)；
5. J0187【●己卯夾】:「音光字，去聲，出《偕聲字箋》。」(【有正夾】「偕聲」作「諧聲」)；
6. J0237【●己卯夾】:「仍是沁芳溪矣，究意基址不大，全是

曲折掩隱之巧可知。」(【有正夾】「究意」作「究竟」,「掩隱」作「掩映」);

7. J0540【●己卯夾】:「這方是顰卿,不比別人一味固執死切。」(「死切」不知所云,【有正夾】作「死勸」);
8. J0578【●己卯夾】:「大族規矩原是如此,一系兒不錯。」(【有正夾】作「一絲兒不亂」);
9. J0583【●己卯夾】:「蓋寶玉亦是心中只有代玉,見寶釵難卻其意,故暫陋彼去,以完寶釵之情,故少坐仍來也。」(何謂「暫陋彼去」?【有正夾】作「暫隨彼去」)。
10. J0592【●己卯回前】:「前明顯祖湯先生有懷人詩一截,讀之堪合此回,故錄之以待知音:『無情無盡卻情多,情到無多得盡麼。解到多情情盡處,月中無樹影無波。』」(【有正回前】「七截」作「七絕」,「影無波」作「水無波」)。

此外,尚有 J0297【●己卯夾】之誤「弛怠」為「馳怠」,J0605【●己卯回前】之誤「不即不離」為「不寂不離」,等等。正如趙岡先生所說,「這些錯字不是寫批時錯寫的,而是抄錄時誤抄的」;脂本與有正本確實存在「抄錄」與「被抄錄」的關係,但結論不是有正本過錄了脂本,而是脂本過錄了有正本,所以才會有那麼多的錯字。

己卯本有的批語,因為將一、二字寫錯,致使斷句困難,或文意有變。如第十五回老尼道:「阿彌陀佛。」J0108【●己卯夾】云:「開口稱佛,畢有。可歎可笑。」幾乎不知所云;而有正本作:「開口稱佛,畢竟可歎可笑」,分明是己卯本將「畢竟」錯抄成「畢有」。又如第十七回至十八回,「往前一望,見白石峻」,J0191【●己卯夾】云:「想入其中,一時難變方向。用『前後』『這邊』『那邊』等字,正是不辨東西。」有正本作:「乍入其中,一時難辨方向。用

『前後』『這邊』『那邊』等字，正是不辨東西。」「想入」、「乍入」，文意不同，而「難變」、「難辨」，則正訛儼然。

己卯本有的大段批語，錯誤就更多了。如妙玉登場時，J0292【●己卯夾】云：

> 妙卿出現。至此細數十二釵，以賈家四豔，再加薛、林二冠有六，去秦可卿有七，再鳳有八，李紈有九，今又加妙玉，僅得十人矣。後有史湘雲與熙風之女巧姐兒者，共十二人。雪芹題曰「金陵十二釵」，蓋本宗《紅樓夢》十二曲之義。後寶琴、岫煙、李紋、李綺皆陪客也，《紅樓夢》中所謂副十二釵是也。又有又副刪三斷詞，乃晴雯、襲人、香菱三人而已，余未多及，想為金玔、玉玔、鴛鴦、苗雲、平兒等人無疑矣。觀者不待言可知，故不必多費筆墨。

而有正本作：

> 妙卿出現。至此細數十二釵，以賈家四豔，再加薛、林二冠有六，添秦可卿有七，熙鳳有八，李紈有九，今又加妙玉，僅得十人矣。後有史湘雲與熙風之女巧姐兒者，共十二人。雪芹題曰「金陵十二釵」，蓋本宗《紅樓夢》十二曲之義。後寶琴、岫煙、李紋、李綺皆陪客也，《紅樓夢》中所謂副十二釵是也。又有又副冊三段詞，乃晴雯、襲人、香菱三人而已，余未多及，想為金釧、玉釧、鴛鴦、素雲、平兒等人無疑矣。觀者不待言可知，故不必多費筆墨。

「去秦可卿」與「添秦可卿」之一「去」一「添」，「副刪三斷詞」與「副冊三段詞」中之一「刪」一「冊」、一「斷」一「段」，分明都是己卯本據有正本過錄而弄錯了的。

又如 J0617【●己卯夾】云：

> 妙文。迎春、惜春故不能答言，然不便撕之不序，故插他二人問。試思近日諸豪宴集，雄語偉辯之時，座上或有一二愚夫不敢接談，然偏好問，亦真可厭之事也。

有正本作：

> 迎春、惜春固不能答言，然不便置之不敘，故插他二人問。近日諸豪宴集之時，坐上或有一二愚夫不敢接談，偏好問，亦可厭之事也。

「撕之不序」為「置之不敘」之誤，更是毋庸置喙。己卯本的「創新」，不過是增添了「妙文」二字，而這正是我們歸納過的脂硯齋最擅長的手法之一。

己卯本過錄時的出錯，除了採用一人口念、一人耳聽手抄方式外，還有繁體字簡體字的混用錯亂方面的原因。如元春省親時，忍悲強笑，安慰賈母、王夫人，話未說完，不禁又哽咽起來，邢夫人等忙上來解勸。J0320【●己卯夾】云：

> 說完不可，不先說不可，說之不痛不可，最難說者，是此時賈妃口中之語。只如此一說，萬千貼萬妥，一字不可更改，一字不可增減，入情入神之至。（圖 6-1）

「萬千貼萬妥」不可解。查有正本原作「方千妥萬貼」（圖 6-2），己卯本過錄時，在將「萬」字簡化成「萬」字的時候，無意中將前面的「方」字也寫成「萬」字，又改「入情入理」為「入情入神」，都是後出轉錄的顯證。

最能證明己卯本後出的證據，是第十二回「王熙鳳毒設相思局，賈天樣正照風月鑒」，寫跛足道人送來「風月寶鑒」，道：「這物出自太虛玄境寶靈殿上，警幻仙子所制。」J0041【●己卯夾】云：

言此書原係空虛幻設。（圖 6-3）

注意：己卯本正文「太虛玄境」中的「玄」字不避諱，而有正本的「玄」字則缺筆避諱（圖 6-4）。有正本印於宣統三年（1911），其時仍在大清朝。若己卯本真出於乾隆朝怡親王之手，豈能公然觸犯聖諱？更重要的是，己卯本正文為「寶靈殿」，批語中「言此書原係空虛幻設」的「空」字，便完全落空了；有正本的正文作「空靈殿」，「言此書原係空虛幻設」之批，恰為此字而發，足以證明己卯本確是據有正本過錄的；它不光抄錯了批語，還抄錯了正文。

再來看第二種情況：脂本上「有」的批語，有正本上卻「消失」了的。

考察這個問題，光舉己卯本就不夠了。因為己卯　本與有正本不同的批語，在第二部分中只有二十條。如第十七至十八回，J0181【●己卯回前】云：「此回宜分二回方妥。」又在「暫且擱過，此時不能表白」上，J0296【◎己卯眉】（這是己卯本僅有的一條眉批）云：「『不能表白』後，是第十八回的起頭。」有正本是石印本，且已將第十七與第十八回分開，當然不可能有這類批語。其它幾條，大多為空泛之論，如第十五回 J0121【●己卯夾】：「一語過下。」J0122

【●己卯夾】:「過至下回。」第十七至十八回 J0217【●己卯夾】:「不板。」J0337【●己卯夾】:「便有含蓄。」無關宏旨，不足掛齒。惟有第三十八回，J0674【●己卯夾】云：

傷哉，作者猶記矮䫫舫前，以合歡花釀酒乎？屈指二十年矣。

有正本不僅沒有己卯本這條唯一以「知情人」口吻寫的批語，而且也沒有甲戌本、庚辰本上所有的「極關緊要」之評。這個問題，甚至比二者到底誰「過錄」了誰，更要重要百倍。拿甲戌本來說，占總數百分之六十八點八四的一〇七六條批語，在有正本上都沒有；紅學家們既把有正本的批語稱作「脂評」，卻好像並沒有想過：有正本若真是脂本，為什麼脂本中極重要的、極關鍵的批語，有正本反而沒有了呢？甲戌本第一回 A0066【◎甲戌眉】眉批：「能解者方有辛酸之淚，哭成此書。壬午除夕，書未成，芹為淚盡而逝。余嘗哭芹，淚亦待盡。每意覓青埂峰再問石兄，余不遇獺頭和尚何，悵悵。」記錄了曹雪芹逝世的年分，有正本就沒有。甲戌本第十六回 A1203【甲戌回前】:「借省親事寫南巡，出脫心中多少憶惜感今。」有正本不僅沒有這條批語，反而有自己特殊的回前總批，道是：「請看財勢與情根，萬物難逃造化門。曠典傳來空好聽，那如知己解溫存？」與甲戌本所云，簡直風馬牛不相及。

這些「極關緊要」之評，為何沒有「出現」在有正本上？按照第一條「線路」的假定，戚蓼生是看過脂本的；這就是說，脂本中的這些批語是被戚蓼生刪除的。再退一步，此事也許與戚蓼生無關，批語是被狄葆賢刪除的。

於是，問題就來了：戚蓼生或狄葆賢為什麼要刪除這些「極關緊要」的批語呢？

先說戚蓼生。周汝昌先生評論說：「讀他的石頭記序，筆調非凡，見地超卓，已足名世不朽。他原本是『為人倜儻，不修威儀，使酒好狎侮人』的，性情與曹雪芹多少有相近處，怪不得他在當時就能那樣欣賞這部新出世的小說了。」（《紅樓真本》，頁 121）戚蓼生無疑是有學問的人，乾嘉學風對他應該有所感染；他又是《紅樓夢》的真誠讀者，對曹雪芹的種種當持關切態度。周春是雍正七年（1729）生人，比戚蓼生還大三歲，他的《閱紅樓夢隨筆・紅樓夢記》云：「其曰林如海者，即曹雪芹之父楝亭也。楝亭名寅，字子清，號荔軒，滿洲人，官江寧織造，四任巡檢。」其後，陳其元《庸閒齋筆記》卷八云：「此書乃康熙間江寧織造曹練亭之子雪芹所撰。練亭在官有賢聲，與江寧知府陳鵬年素不相得，及陳被陷，乃密疏薦之，人尤以為賢。」俞樾《小浮梅閒話》云：「此書末卷自具作者姓名曰曹雪芹，袁子才《詩話》云：『曹練亭康熙中為江寧織造，其子雪芹撰《紅樓夢》一書，備極風月繁華之盛』，則曹雪芹固可考也。」趙烈文《能靜居筆記》云：「曹實楝亭先生子，素放浪，至衣食不給。」夢癡學人《夢癡說夢》云：「《紅樓夢》一書作自曹雪芹先生。先生係內務府漢軍正白旗人，江寧織造曹練亭公子。」葉德輝《書林清話》云：「是書為曹寅之子雪芹孝廉作，曹亦內府旗人，以同時人記同時事，殆非架空之作。」都對《紅樓夢》作者表現出極度的關心。設若戚蓼生果真看到了如許「極關緊要」的、既包含作者家世，又涉及小說本事，且署有干支年號的脂批，焉能不高興得手舞足蹈，大作其考證文章，豈肯將如此珍貴的資料統統刪去？

再說狄葆賢。他縱然做了書商，關心於他的生意經；但他確是新小說旗幟下的人物，更懂得小說地位空前提高的時代特徵。光緒二十八年十月（1902 年 11 月），梁啟超在《論小說與群治之關係》中，響亮地提出「今日欲改良群治，必自小說界革命始；欲新民，必自新小說始」，豎起了「新小說」的旗幟。曾經寫過《論文學上小說之位置》，鼓吹過新小說的狄葆賢，如果真的讀到如許涉及作品作者考證的脂批，即便是站在出版家的立場，也定會大事張揚和鼓吹，因為那比標舉「國初原本」來懵人要有效得多；除非狄葆賢患了精神分裂症，否則是絕不會將價值連城的甚至可以說是脂批的「精華」棄置不顧的。如第二十七回「滴翠亭楊妃戲彩蝶，埋香冢飛燕泣殘紅」，是《紅樓夢》的重頭戲，有正本回前總批亦謂：「《葬花吟》是大觀園諸豔之歸源小引。」本回甲戌本脂批五十九條，如 A1511【◎甲戌眉】：「開生面，立新場，是書多多矣。惟此回處生更新，非顰兒斷無是佳吟，非石兄斷無是情聆，難為了作者了，故留數位以慰之。」向為論者所樂道，而有正本此回卻一條夾批皆無。有些重要章回，如第六回甲戌本脂批一〇二條，第八回甲戌本脂批一七一條，第二十七回甲戌本脂批五十九條，有正本與之對應的夾批均為零。因此，事情只能作相反的推論：戚蓼生和狄葆賢都沒有讀到脂批，更不曾從脂本上將它們刪除；也就是說，不是脂批從有正本上「消失」了，而是有人在據有正本「過錄」成脂本的時候，新添加了這些批語。有例為證：

1. 甲戌本第三回回目作「金陵城起復賈雨村，榮國府收養林黛玉」，A0289【◎甲戌側】云：「二字觸目淒涼之至。」「二字」云云，指的是甲戌本回目獨有的「收養」。有正本回目作「託內兄如海酬訓教，接外孫賈母惜孤女」，根本不知「收養」之說，自然不會有「二字觸目淒涼之至」之批了。
2. 甲戌本第三回敘黛玉被賈母「一把摟入懷中，『心肝兒肉』叫著大哭起來。」A0317【◎甲戌側】云：「幾千斤力量，寫此一筆。」有正本夾批同，正文少一「大」字，又有眉批云：「『心肝兒肉叫著哭起來』，寫來極有筆力，極有神情，不言大哭而大哭可知矣。今本於『哭』字上加一『大』字，便將此句妙處，一概抹卻。」設若狄葆賢看過甲戌本，是不會把它歸到「今本」中加以揶揄的。

3. 甲戌本第五回判詞「可歎停機德」，A0623【◎甲戌夾】云:「此句薛。」以為指的是薛寶釵；有正本卻從典故考證的角度批道:「樂羊子妻事。」「堪憐詠絮才」，A0624【◎甲戌夾】云:「此句林。」以為是指的是林黛玉；而有正本卻批道:「此句薛。」雙方對判詞的理解，完全不同。尤其重要的是，「玉帶林中掛，金簪雪裏埋」，A0625【◎甲戌夾】云:「寓意深遠，皆生非生其地之意。」有正本中，判詞是「玉帶林中掛，金釵雪裏埋」，並有眉批云:「『玉帶林中掛，金釵雪裏埋』，今本有仍舊者，有改為『金簪埋雪裏，玉帶掛林隈』者。」又被狄葆賢指責為「今本」。
4. 甲戌本第七回寶玉會秦鍾，「形容出眾，舉止不浮」，A0879【◎甲戌夾】云:「『不浮』二字妙，秦卿目中所取止在此。」有正本正文作「不群」，批曰:「『不群』二字妙，秦卿目中所取正在此。」按，此句程甲本、程乙本皆作「不浮」，己卯本、庚辰本作「不凡」，惟有正本作「不群」。設若有正本的過錄者見過脂本與脂批，是不會如此處理的。
5. 第十三回秦可卿之死，甲戌本作「彼時闔家皆知，無不納罕，都有些疑心。」A1093【◎甲戌眉】云:「九個字寫盡天香樓事，是不寫之寫。」有正本正文作「彼時闔家皆知，無不納歎，都有些傷心。」眉批:「無不納歎，今本作『悶悶』。」根本沒有在意所謂「刪去天香樓」。A1126【◎甲戌眉】云:「此回只十頁，因刪去天香樓一節，少卻四五頁也。」有正本卻批道:「五件事若能如法整理得當，豈獨家庭，國家天下，治之不難。」A1127【◎甲戌回後】云：「『秦可卿淫喪天香樓』，作者用史筆也。老朽因有魂託鳳姐賈家後事二件，嫡是安富尊榮坐享人能想得到處。其事雖未漏，其言其意則令人悲切感服。姑赦之，因命芹溪刪去。」有正本回後總批卻道：「借可卿之死，又寫出情之變態，上下大小，男女老少，無非情感而生情。且又藉鳳姐之夢，更化就幻空中一片貼切之情。所謂寂然不動，感而遂通。所感之象，所動之萌，深淺誠偽，隨種必報，所謂幻者此也，情者亦此也。何非幻，何非情？情即是幻，幻即是情，明眼者自見。」有正本批語感興趣的是「情」，而不是命芹溪刪去「秦可卿淫喪天香樓」。

最後來看第三種情況：有的批語脂本上本來沒有，在有正本上卻「出現」了。

周汝昌先生曾逐字用庚辰本校對有正本，得出結論說：「凡戚本無批的地方，在庚辰本裏也沒有；而且戚本不但未曾漏抄一條批，如第十三回十四回中，反有五條是庚辰本所無的。可知鈔手躲懶的說法也是冤枉了人的了。」（《紅樓夢新證》，頁 835）他所舉的五條批語，就是脂本本無而有正本「多」出的。用有正本「過錄」脂本的思路，這種現象是很難解釋的。因為「未抄漏一條批」，固是「過錄」的要求；但「多『抄』」了五條，就不能算是「過錄」了，任何「鈔手」都沒有擅自加批的權利。庚辰本「沒有」的五條批語，是什麼內容呢？請看：

1.「幻情文字中忽入此等警句，提醒多少熱心人。」
2.「『盡我所有為媳婦』，是非禮之談，父母又將何以待之？故前此有惡奴酒後狂言，及今復見此語，含而不露，吾不能為賈珍隱諱。」

3.「凡有本領者斷不越禮。接牌小事而必待命於王夫人者，誠家道之規範，亦天下之規範也。看是書者不可草草從事。」

4.「五件事若能如法整理得當，豈獨家庭，國家天下，治之不難。」

5.「不畏勤勞者，一則任專而易辦，一則技癢而莫遏。士為知己者死，不畏勤勞，有何可畏？」

這幾條批語，不關痛癢，可以說是「全不相干」中的「全不相干」者，抄手據有正本「過錄」為庚辰本時，棄而不錄，以省筆力。唯有這樣倒轉來看，「抄漏」之說，才會成立。

三　第二條「線路」的求證

第一條「線路」的求證既然遇到障礙，就更有理由看重第二條「線路」了。為與前面的考辨保持一致，也先從二者批語相同或相近的部分開始，只是換為從有正本「過錄」為脂本的角度而已。

且以出現年代最早、批語最多最重要的甲戌本為脂本的代表，兼及庚辰本的部分批語。甲戌本總計十六回，脂批總數一五八〇條，與有正本批語相同或相近的四八八條，占百分之三十點八七。這個比例也是相當高的。通過與有正本批語的比較，甲戌本的批語明顯存在以下問題：

（一）錯字

1.第一回「煉成高經十二丈」，兩本的批語是：

【有正夾】照應十二釵。

A0005【◎甲戌側】總應十二釵。

而在「方經二十四丈」後，【有正夾】是「照應副十二釵。」A0006【◎甲戌側】是「照應副十二釵。」可見，A0005【◎甲戌側】的「總應」是抄錯的。

2.第一回「人皆呼作葫蘆廟」，兩本的批語是：

【有正夾】糊塗也，故假語從此興也。

A0058【◎甲戌側】糊塗也，故假語從此具焉。

顯然，甲戌本的「具」，是據有正本的「興」過錄時搞錯的。

3.第五回「案上設著武則天當日鏡室中設著寶鏡」（此句有正本作「案上設著武則天當日鏡室中設的寶鏡」），兩本的批語是：

【有正夾】設譬調謊耳。若真以為然，則又被作者瞞過也。

A0591【◎甲戌側】設譬調侃耳。若真以為然，則又被作者瞞過。

是「設譬調侃」，還是「設譬調謊」？從下文「若真以為然，則又被作者瞞過」看，當以「調謊」為是，甲戌本作「調侃」是錯的。

為省篇幅，下面所舉之例，不再具體剖分：

4.【有正夾】不回鳳姐，卻回王夫人，不交代處，正交代得清楚。

A0799【◎甲戌側】不回鳳姐，卻回王夫人，不交代處，正交代得清趣。

5.【有正夾】文章只是隨筆寫來，便有流麗生動之妙。

A0800【◎甲戌側】文章只是隨筆寫來，便有流離生動之妙。

6.【有正夾】作者又欲瞞過眾人。

A0883【◎甲戌側】作者又欲瞞過中人。

7.【有正夾】如何便急了，話無頭緒，可知張家理屈。此作者巧摹老尼無頭緒之語，莫認作者無頭緒，正神處奇處。摹一人，一人必到紙上活現。

A1188【◎甲戌夾】如何便急了，話無頭緒，可知張家禮缺。此係作者巧摹老尼無頭緒之語，莫認作者無頭緒，正是神處奇處。摹一人，一人必到紙上活見。

8.【有正夾】「天下本無事，庸人自擾之。」世上人個個如此，又非此秦鍾意切。

A1264【◎甲戌側】「天下本無事，庸人自擾之。」世上人各各如此，又非此情鍾意功。

9.【有正夾】看官至此，須掩卷細想上二十回中，篇篇句句點紅字處，可與此處想如何。

A1370【甲戌夾】看官至此，須掩卷細想上三十回中，篇篇句句點紅字處，可與此處想如何。

（二）奪字

1.第一回「形體到也是個寶物了，還只沒有實在的好處」，二本批語為：

【有正夾】妙極。今之金玉其外敗絮其中者，見此大不歡喜。
A0020【◎甲戌側】妙極之。金玉其外敗絮其中者，見此大不歡喜。（奪一「今」字，遂使句讀有異）

2.同回「按那石上書云」，二本的批語是：

【有正夾】以下係石上所記之文。
A0052【◎甲戌側】以石上所記之文。（奪「下係」二字）

3.第三回「今日只做遠別重逢，亦未為不可」，兩本的批語是：

【有正夾】妙極奇語，全作如是等語，焉怪人謂曰癡狂。
A0443【◎甲戌側】妙極奇語，全作如是等語，怪人謂曰癡狂。（奪一「焉」字）

4.第五回「世事洞明皆學問，人情練達即文章」，兩本的批語是：

【有正夾】按此聯極俗，用於此則極妙。蓋作者正為古今王孫公子，劈頭先下金針。
A0582【◎甲戌夾】看此聯極俗，用於此則極妙。蓋作正因古今王孫公子，劈頭先下金針。（奪一「者」字）

5. 第五回「大書七字云『金陵十二釵正冊』」，兩本的批語是：

【有正夾】正文點題。

A0616【◎甲戌側】正文題。（奪一「點」字）

6. 第十五回「因有此三益」旁，兩本的批語是：

【有正夾】世人只云一舉兩得，獨阿鳳一舉更添一得。

A1196【◎甲戌側】世人只云一舉兩得，獨阿鳳一舉更添一。（奪一「得」字）

再如第五回「寶玉聽如此說，便唬得欲退不能退，果覺自形污穢不堪」，兩本的批語是：

【有正夾】貴公子豈容人如此厭棄，反不怒而反欲退？實實寫盡寶玉天分中一段情癡來。若是薛阿呆至此聞是語，則警幻之輩共成齏粉矣，一笑。

A0642【◎甲戌側】貴公子不怒而反退，卻是寶玉天外中一段情癡。

甲戌本批語較有正本減少，姑勿置論；正文言寶玉「唬得欲退不能退」，分明是未退；甲戌本批「不怒而反退」，奪了一「欲」字，就文不對題了。

（三）衍文

如第一回「那僧則癩頭跣足，那道跛足蓬頭」，兩本的批語是：

【有正夾】:「此是幻象。」A0096【◎甲戌側】:「此門是幻象。」「門」字衍。

又如第二回 A0171【●甲戌回前】:「未寫榮府正人,先寫外戚,是由遠及近,由小至大也。若使先敘出榮府,然後一一敘及外戚;又一一未寫榮府正人,先寫外戚,是由遠及近,由小至大也。若是先敘出榮府,然後一一敘及外戚,又一一至朋友、至奴僕,其死板拮据之筆,豈作十二釵人手中之物耶也?今先寫外戚者,正是寫榮國一府也。故又怕閒文贅累,開筆即寫賈夫人已死,是特使黛玉入榮之速也。通靈寶玉於士隱夢中一出,今於子興口中一出,閱者已洞然矣。然後於黛玉、寶釵二人目中極精極細一描,則是文章鎖合處。蓋不肯一筆直下,有若放閘之水、然信之爆,使其精華一泄而無餘也。究竟此玉原應出自釵黛目中,方有照應;今預從子興口中說出,實雖寫而卻未寫,觀其後文可知。此一回則是虛敲傍擊之文,筆則是反逆隱回之筆。」較有正本多「又一一未寫榮府正人,先寫外戚,是由遠及近。由小至大也。若是先敘出榮府,然後一一敘及外戚」三十八字,顯係過錄時增出的衍文。

(四)增文

增文與衍文不同,衍文為誤加的字句,增文是有意的添加。如第一回「須得在鐫上數字,使人一見便知是奇物方妙」,【有正夾】:「世上原宜假不宜真也。」A0021【◎甲戌側】:「世上原宜假不宜真也。諺云:『一日賣了三個假,三日賣不出一個真。』信哉。」甲戌本所增之「諺」,實襲自夢癡學人之《夢癡說夢》,將其增添到批語中去,簡直牛頭不對馬嘴。又如第四回都有一條側批:』【有正夾】:「寫黛玉心到眼到,但云為賈府敘坐位,豈不可笑。」A0393【甲戌側】:「寫黛玉心到眼到,傖夫但云為賈府敘坐位,豈不可笑。」「傖夫」

二字，帶強烈之感情色彩，當為甲戌本所添加。

有正本《石頭記》卷首，有題「德清戚蓼生曉堂氏」之序，此序不見於戚蓼生文集，故難以斷其真偽。但它是加在八十回本上的，目的是為了抬高非「全璧」之殘本，中云：「……乃或者以未窺全豹為恨，不知盛衰本是迴環，萬緣無非幻泡。作者慧眼婆心，正不必再作轉語，而萬千領悟，便具無數慈航矣。彼沾沾焉刻楮葉以求之者，其與開卷而寤者幾希！」謂不必為「未窺全豹」而遺憾，且對一班「沾沾焉刻楮葉以求之者」進行嘲諷。據《韓非子．喻老》：「宋人有為其君以象為楮葉者，三年而成，豐殺莖柯，毫芒繁澤，亂之楮葉之中，而不可別也。」序以八十回本為「真」，故諷刺一意求窺全豹者。有正本批語卻反其道而行之，不時要披露一點「後三十回」的信息。第二十一回「賢襲人嬌嗔箴寶玉，俏平兒軟語救賈璉」，有正本回前總批說：

> 按此回之文固妙，然未見後之三十回，猶不見此回之妙。此回「嬌嗔箴寶玉，軟語救賈璉」，後回「薛寶釵藉詞含諷諫，王熙鳳知命強英雄」。今只從二婢說起，後文則直指其主。然今日之襲人、之寶玉，亦他日之襲人、他日之寶玉也。今日之平兒、之賈璉，亦他日之平兒、他日之賈璉也。何今日之玉猶可箴，他日之玉已不可箴耶？今日之璉猶可救，他日之璉已不能救耶？箴與諫無異也，而襲人安在哉？寧不悲乎！救與強無別也，但此日阿鳳英氣何如是也！他日之身微運蹇，亦何如彼耶！人世之變遷，倏爾如此。

而 G0972【●庚辰回前】云：

> 有客題《紅樓夢》一律，失其姓氏，惟見其詩意駭警，故錄於斯：「自執金矛又執戈，自相戕戮自張羅。茜紗公子情無限，脂硯先生恨幾多。是幻是真空歷過，閒風閒月枉吟哦。情機轉得情天破，情不情兮奈我何？」凡是書題者不可，此為絕調，詩句警拔，且深知擬書底裏，惜乎失石矣。按此回之文固妙，然未見後卅回，猶不見此回之妙。此曰「嬌嗔箴寶玉，軟語救賈璉」，後曰「薛寶釵藉詞含諷諫，王熙鳳知命強英雄」。今只從二婢說起，後則直指其主。然今日之襲人、之寶玉，亦他日之襲人、他日之寶玉也。今日之平兒、之賈璉，亦他日之平兒、他日之賈璉也。何今日之玉猶可箴，他日之玉已不可箴耶？今日之璉猶可救，他日之璉已不能救耶？箴與諫無異也，而襲人安在哉？寧不悲乎！救與強無別也，甚矣，今因平兒救，此日阿鳳英氣何如是也！他日之強何身微運蹇，展眼何如彼耶！人世之變遷，如此光陰。

「後卅回」與「後之三十回」，「此曰」與「此回」，「後曰」與「後回」，「後則」與「後文則」，「已不能救」與「已不可救」，「今因平兒救」與「但」，「他日之強何身」與「他日之身」，「展眼例如彼耶」與「亦何如是耶」，「如此光陰」與「倏爾如此」等異文，俱表明庚辰本之後出，則庚辰本「有客題《紅樓夢》一律」至「惜乎失石矣」，皆為後增之文無疑。此「客」既「深知擬書底裏」，又知曉「脂硯先生」之大名，且與「茜紗公子」相提並論，宜其為「圈子中人」無疑，然竟會「失其姓氏」，殊不可解。解釋只有一個：此乃「脂硯先生」自造之文，以為自佔地步耳。

（五）避諱

在同一場合，有正本與脂本往往是一避一不避，附圖 6-3 與 6-4 所示，又如：

> A0849【◎甲戌側】「攢花簇錦文字，故使人耳目眩亂。」（圖 6-5）
>
> 有正本「眩」字缺筆。（圖 6-6）

梁章鉅（1775-1849）《南省公餘錄》卷四《文字敬避》云：「《會典》中載，恭遇聖祖仁皇帝聖諱，上一字敬避作『元』字，如有偏旁及字中全書者，俱於本字敬缺末筆。下一字敬避作『煜』字。」清人刊刻古書均避「玄」字諱，如「玄之又玄」改「元之又元」，「天地玄黃」改「天地元黃」；古人名如「鄭玄」改「鄭元」，「桓玄」改「桓元」；他如「玄色」改「元色」，「玄參」改「元參」，不一而足。陳垣先生《史諱舉例》第八十二云：「雍乾之世，避諱至嚴。」最能反映其「至嚴」程度的，有乾隆四十二年（1777）王錫侯《字貫》案和乾隆四十三年（1778）劉刷賣《聖諱實錄》案。王錫侯是乾隆十五年（1705）舉人，曾將《康熙字典》改編為《字貫》，乾隆以「《凡例》竟有一篇將聖祖、世宗廟諱及朕御名字樣悉行開列，深堪髮指。此實大逆不法，為從來未有之事，罪不容誅，即應照大逆律問擬，以申國法而快人心」；劉則以經營裱褙鋪為生，因將《聖諱實錄》舊版印刷賣給應試童生，乾隆查知書板係劉之祖得自李伯行，李伯行又得自馬均璧，且書內載有「雍正年得於江右藩幕」等語，仍以「此書雖以欲使人知避諱為名，乃敢將廟諱及御名各依本字全體寫刊，不法已極，實與王錫侯《字貫》無異，自當根究刊著之人，按律治罪」，把劉、李伯行二人斬首（王建：《中國古代避諱史》，貴州人民出版社，2002年，頁 257-260）。有人曾替曹雪芹或脂硯齋想出不少可以不避諱的理由，如「小說是通俗讀物，抄本是私藏的，抄手又非飽學之士，當然不會像官場行文或公開刊本那樣恭肅謹慎，留心避諱」（《蔡義江論紅樓夢》，頁 156））。讓我們來看看《乾隆朝上諭檔》乾隆四十二年（1777）十一月刑部審訊王錫侯的審問記錄：

問：你身為舉人，該知尊親大義，乃於聖祖仁皇帝欽定《康熙字典》擅行辨駁，妄作《字貫》一書，甚至敢於凡例內將廟諱、御名排寫，這是你大逆不道的實跡。究竟你是何主意，據實供來！

供：我從前因《康熙字典》卷帙浩繁，約為《字貫》，原圖便於後學。這書內將廟諱、御名排寫，也是要後學知道避諱，實是草野無知。後來，我自知不是，就將書內應避諱之處改換另刻了。現有改刻書板可據，求查驗。

問：你將《字貫》重行改刻，這就是你自知前書內有大逆不道之處，故又希圖掩蓋，愈見你從前原是有心悖逆，更有何辯？

供：我將《字貫》重刻，原是自知前書不好，是以改正，如今王瀧南將我前刻未改之書呈出。我從前不知忌諱，妄編妄寫，就是我的狂悖實跡，還有什麼辯處。

問：你於《字貫》凡例內將先師孔子寫於廟諱、御名之前，廟諱、御名，凡為臣子何人不知，至孔子名諱尤屬眾所共曉，何用你於書內開寫，這明是你有心犯諱，故意如此開列，以遮掩你悖逆之跡，還有何說？

供：我少時未知廟諱、御名，是後來科舉時才知道的，恐怕少年人不知避忌，故此於書內開寫，使人人知曉。巨將孔子名諱開列於前，是我從前進場時見場內開出應避諱的條規，是將孔子開列於前，故此我照著寫的。但我將廟諱、御名排列直書，這就是我的該死處。

且讓我們來套用這個審訊各式，看看曹雪芹能否通過刑部這一關：

問：你身為包衣之後，該知尊親大義，乃敢在所作《紅樓夢》中將廟諱排寫，這是你大逆不道的實跡。究竟你是何主意，據實供來！

供：我所寫《紅樓夢》，乃是不登大雅之堂的小說，又不是正式的官方文書，所以根本不須避諱。希望你們不必小題大做。

問：王錫侯編的是一部工具書，他將廟諱、御名排寫，還是要後學知道避諱，免得誤犯而已；雖在字面上犯了廟諱，卻不是惡意的行為。即便如此，聖旨仍將其斬決，子孫七人判斬監候，妻子媳婦給功臣家為奴，毫不容情。而你卻在《紅樓夢》中公然不避廟諱，如今又希圖掩蓋，愈見你從前原是有心悖逆，更有何辯？

再來看看脂硯齋能否通過刑部這一關：

供：我將《紅樓夢》抄閱再評，是原書中就不曾避諱，不能要我承擔法律責任，敬請明鑒。

問：劉以經營裱褙鋪為生，將雍正年《聖諱實錄》舊版印刷出賣，無非欲使人知避諱，仍被處以斬首；你與曹雪芹關係非同一般，明知其有心犯諱，不僅不予檢舉，反而依樣照抄，今又公然遮掩你悖逆之跡，還有何說？

笑話歸笑話，再回到正題上來。即以《紅樓夢》諸種版本而論，有正本不論是正文還是批語，凡遇「玄」、「眩」、「絃」、「蓄」字樣皆缺筆，嚴格規避了康熙的聖諱；偏偏號為「舊抄本」的甲戌本、庚辰本卻不避諱，總不好說乾隆時期原可馬虎從事，倒是清末「追求共和國」理想的狄葆賢，方將它們一一改正過來的罷？《顧頡剛年譜》一九〇四年繫年，錄其《十四年前的印象》云：「我們讀經書的小孩，眼中見的是許多古帝王古賢臣的名字，先生教作文，又十分看重抬頭和避諱等事項。要說國家可以沒有皇帝，彷彿說一個人可以沒有頭，在我們的想像力中是斷然想不出來的。」（頁 15）魯迅先生在〈關於三藏取經記等〉中指出，直到民國十五年（1926），遺老們所刻書，「儀」字還「敬缺末筆」，「寧」字「玄」字也常常缺筆，或以「寗」代「寧」，以「元」代「玄」，這都是在民國而避清諱的證據（《華蓋集續編・續編的續編》）。所以，事情只能有一個解釋：活在清亡十六年以後的某人，在將有正本過錄為甲戌本時，忽略了避諱這一重要細節。

（六）批語的特殊格式

1.第七回寫平兒「先叫彩明來，付他送到那邊府裏，給小蓉大奶奶帶去」（有正本「付」作「吩咐」，「帶」作「戴」）：

【有正夾】忙中更忙。密處不容針，此等處是也。

A0850【◎甲戌側】忙中更忙，又曰密處不容針，此等處是也。

甲戌本批語中的「又曰」，主語是誰？是脂硯齋自己嗎？說到現在，難道不都是脂硯齋自己說的話嗎？為什麼獨獨要在此處加一「又曰」呢？原來有正本的批語正作：「忙中更忙，密處不容針，此等處是也。」脂硯齋抄錄了「忙中更忙」，再抄下一句時，本能地加上了「又曰」二字，因為這些話本來就不是他自己說的。

2.庚辰本把有正本的正文抄成夾批。如有正本第二十一回敘寶玉來至黛玉房中：

> 只見他姊妹兩個尚臥在衾內。那林黛玉嚴嚴密密裹著一幅杏子紅綾被，安穩合目而睡（【有正夾】:「一個睡態。」)。那史湘雲卻一把青絲拖於枕釁，被只齊胸，一彎雪白的膀子，撂於被外，又帶著兩個金鐲子。(【有正夾】:「又一個睡態。寫黛玉之睡，儼然就是嬌弱女子，可憐。湘雲之態，則伊然是個嬌態女兒，可愛。真是人人俱盡，人人俱盡，個個活眺，吾不知作者胸中埋伏多少裙釵。」)

庚辰本抄作：

> 只見他姊妹兩個尚臥在衾內。那林代玉（G0983【●庚辰夾】:「寫代玉身份，嚴嚴密密。」）裹著一幅杏子紅綾被，安穩合目而睡。(G0984【●庚辰夾】:「一個睡態。」）那湘雲卻一把青絲拖於枕畔，被只齊胸，一彎雪白的膀子掠於被外，又帶著兩個金鐲子。(G0985【●庚辰夾】:「又一個睡態。寫代玉之睡態，儼然就是嬌弱女子可憐。湖雲之態，則伊然是個嬌態女兒可愛。真是人人俱盡，人人俱盡，個個活跳，吾不知作者胸中埋伏多少裙釵。」)

庚辰本把「真是人人俱盡」抄作「真是人人俱盡，人人俱盡」，因粗心而出現衍文；把正文「嚴嚴密密」四字抄為夾批，則是更大的粗心所致。

（七）脂本抄了本不該抄的內容

脂本題「脂硯齋重評石頭記」，儼然以知情者身份自居，「真有其事」、「經過見過」，是最愛用的詞語；但有正本宣示對本事毫不瞭解的批語，也被脂硯齋抄去了：

> 【有正夾】按此書中寫一寶玉，其寶玉之為人，是我輩於書中見而知有此人，實目未曾親睹者。又寫寶玉之言，每每令人不解；寶玉之生性，件件令人可笑；不獨於世上親這樣的人不曾，即閱今古所有之小說傳奇中，亦未見這樣的文字。於顰兒處為更甚，其囫圇不解之中實可解，可解之中又說不出理路。合目思之，卻如真見一寶玉，真聞此言者，移之第二人萬萬不可，亦不成文字矣。余閱《石頭記》至奇至妙之文，全在寶玉、顰兒至癡至呆、囫圇不解之語中，其詩詞啞謎酒令及衣食奇玩等類，固他書中未能，然在此書中評，猶為二著。

J0400【●己卯夾】將「目未」抄作「未目」，「言」抄作「發言」，「親」抄作「親見」，「為更」抄作「更為」，「萬萬」抄作「萬」，「石頭記」抄作「石頭記中」，「啞謎」抄作「雅謎」，「及衣食奇玩」抄作「奇衣奇食奇文」，「評」抄作「評之」，過錄之跡宛在在目。最要命的是，「其寶玉之為人，是我輩於書中見而知有此人，實未目曾親睹者」，「不獨於世上親見這樣的人不曾，即閱今古所有之小說傳奇中，亦未見這樣的文字」等等，不是等於自打自的耳光？另一條 J0461【●己卯夾】云：「這皆是寶玉意中心中確實之念，非勉強之詞，所以謂今古未有之一人耳」，情況也是如此。可以肯定，它們不是脂硯齋自己撰寫的，因為不符合他的宗旨；脂本在過錄時沒有注意審查，把這有正本這兩條批語抄錄進去，遂與其初衷相悖，並且多處抄錯了字。

最令人解頤的是，有正本第三回「皇帝左手拿一金元寶，右手拿一銀元寶，馬上梢著一口代人參，行動人參不離口。一時要屙屎了，連擦屁股都用的是鵝黃綾子」的「俗笑話」，也被甲戌本抄作眉批了，試想，它可能出於「恐其中有礙語」的文網森嚴的乾隆年間嗎？

以上七個方面，都足以證明脂本的批語源於有正本，是據有正本過錄的。

至於有正本「有」而脂本「無」的批語，以第二條「線路」求證，有點不大容易說明問題，只能姑舉一例以言之。如有正本有些「重評型」批語，就是脂本所沒有的。第六十八回「苦尤娘賺入大觀園，酸鳳姐鬧翻寧國府」，有正本回後總批曰：

> 人謂鬧寧國府一節，極兇猛；賺尤二姐一節，極和靄。吾謂鬧寧國府，情有可恕；賺尤二姐，法不容誅。鬧寧國府，聲聲是淚；賺尤二姐，字字皆鋒。

批語以「人謂」、「我謂」對舉，可見也是針對他人之評的「重評」。那麼，「人謂」之「人」是誰呢？《增評補像全圖金玉緣》第六十八回後，恰有護花主人的評：

> 寫鳳姐向尤二姐一番說話，婉曲動聽。尤二姐雖亦伶俐，不由不落其陷阱。

鳳姐大鬧寧府，寫得淋漓盡致，既顯鳳姐之潑悍，又見賈蓉、尤氏之庸懦，兩面俱到。

有正本的批點者對鳳姐大鬧寧府的評價，與護花主人有著大的分歧。護花主人認為，《紅樓夢》寫鳳姐將尤二姐賺入大觀園，說話十分婉曲動聽，尤二姐雖亦伶俐，不由不落其陷阱；而寫大鬧寧國府，「既顯鳳姐之潑悍，又見賈蓉、尤氏之庸懦，兩面俱到。」有正本批點者不同意護花主人「鬧寧國府一節極兇猛，賺尤二姐一節極和靄」的意見，尤其不同意他用「潑悍」一詞來形容鳳姐。有正本回前總批說:「余讀《左氏》見鄭莊，讀《後漢》見魏武，謂古之大奸巨猾，惟此為最。今讀《石頭記》，又見鳳姐作威作福，用柔用剛，占步高，留步寬，殺得死，救得活。天生此等人，斫喪元氣不少。」在批點者看來，鳳姐也可算作鄭莊公、魏武帝等「古之大奸巨猾」一類的複雜人物，對她的評價，是不能用簡單的「潑悍」、「兇猛」來概括的。於是，針對著護花主人的「人謂」，批點者擺出了「我謂」，將鳳姐鬧寧國府和賺尤二姐，分割成兩塊，而採取了不同的態度:「鬧寧國府，情有可恕；賺尤二姐，法不容誅」，是從人情、國法著眼的；「鬧寧國府，聲聲是淚；賺尤二姐，字字皆鋒」，則從審美角度著眼的。不能簡單地說有正本批點者毫無道理，但對我們來說，知道有正本此批正為護花主人而發，才是重要的。也許是因為「躲懶」，脂本沒有予以過錄。

最為重要的問題，是那些有正本「無」而脂本「有」的批語。俞平伯先生所謂「極關緊要之評」與「全沒相干之評」，便是鑒別二者關係的最好原則。事情十分明顯：脂本與有正本「共有」的批語，都是「全沒相干之評」；所有年代較晚的「極關緊要之評」，只出現在脂本上。如甲戌本第十六回有六條回前總批，其中 A1203【●甲戌回前】:「借省親事寫南巡，出脫心中多少憶惜感今。」明言省親的背景是康熙南巡，實為「極關緊要之評」。有正本不僅沒有這條批語，反有自己的回前總批：「請看財勢與情根，萬物難逃造化門。曠典傳來空好聽，那如知己解溫存？」從性質看，倒與甲戌本其它評議文章筆法的總批相似：

A1202【●甲戌回前】大觀園用省親事出題，是大關鍵處，方見大手筆行文之立意。

A1203【●甲戌回前】借省親事寫南巡，出脫心中多少憶惜感今。

A1204【●甲戌回前】極熱鬧極忙中，寫秦鍾夭逝，可知除「情」字，俱非寶玉正文。

言「南巡」的一條批語夾在另兩條當中，不倫不類，顯係有意安排。排除了有正本「刪去」「極關緊要之評」的可能，結論只能是脂硯齋的添加了。

四　脂硯齋對新紅學的「證實」

一九二一年與一九二七年，是二十世紀紅學史上兩個最重要、最關鍵、甚至有里程碑性質的年頭：

一九二一年十一月，胡適寫成《{紅樓夢）考證》改定稿，構建了以「自敘傳」為核心的「新紅學」體系。胡適在結論部分中說，做《紅樓夢》的考證，只能在「著者」和「本子」兩個問題上著手，「只能運用我們力所能搜集的材料，參考互證，然後抽出一些比較的最近情理的結論。這是考證學的方法。我在這篇文章裏，處處想撇開一切先人的成見；處處存一個搜求證據的目的；處處尊重證據，讓證據做嚮導，引我到相當的結論上去」(《胡適紅樓夢研究論述全編》，頁 118)。他自信這種方法是向來研究《紅樓夢》的人不曾用過的。他將這種方法概括為：「大膽的假設，小心的求證。」

一九二七年八月，胡適購得甲戌本朋旨硯齋重評石頭記》，這位「曹雪芹很親的族人」(《胡適紅樓夢研究論述全編》，頁 164）脂硯齋，用批語「證實」了胡適的全部假設，遂被稱作「最近四十年內『新紅學』的一件劃時代的新發現」(《胡適紅樓夢研究論述全編》，頁 317)。

從現象上看，事情彷彿確是如此：胡適當年所「假設」的一切，所要「求證」的一切，統統被後來出現有脂硯齋材料一一證實了：就像一九三〇年湯博按洛韋爾據天王星和海王星軌道攝動的計算，用照相方法發現了冥王星一樣。但是，胡適的「大膽的假設」，絕不等同於洛韋爾的科學計算；曹雪與《紅樓夢》，也不是冥王星般的絕對存在。這種假設「統統被證實」的事，總不免令人納罕：難道胡適真的有未卜先知的本領麼？

為了消解這一疑團，不妨對「新紅學」確立過程作一番回溯，特別是從信息量和信息源的角度，看看胡適在假設的「求證」中曾經發出過什麼信號，而脂硯齋又究竟「證實」了什麼，以及他是如何來「證實」的。

運用辦公系統工具軟體，查得〈《紅樓夢》考證〉全文為二六五八七字。這就是說，胡適當年所發出的訊息，他迫切期待「證實」的全部假設，都包含在這二六五八七個字之中。

我們還可以做得更細一點。〈《紅樓夢》考證〉的第一段，是對於「附會的紅學」即傳統索隱派的批判。胡適宣稱：「向來研究這部書的人都走錯了道路。他們怎樣走錯了道路呢？他們不去搜求那些可考定《紅樓夢》的著者，時代，版本等等的材料，卻去收羅許多不相干的零碎史事來附會《紅樓夢》裏的情節。他們並不曾做《紅樓夢》的考證，其實只做了許多《紅樓夢》的附會！」(《胡適紅樓夢研究論述全編》，頁 75；著重號為為原文所有，下同）既然索隱派已被判定「走錯了道路」，自然不屬於「《紅樓夢》考證的正當範圍」，也就不需要進行「求證」，更不需要什麼「證實」了。扣除「破」字當頭的第一段的六七〇二字，就剩下一九二九九字；再扣除結論部分的三四七字，〈考證〉的核心內容——即論「著者」和論「本子」部分，便剩下一八九五二字了。

下面就讓我們來考察在這兩部分中，胡適究竟「假設」了些什麼，他的「求證」做到什麼程度，脂硯齋又是如何通過「證實」幫他解困解圍的。先看論「著者」的部分，共一三七六一字，占核心部分總字數百分之七十二。

胡適首引袁枚《隨園詩話》卷二的一條材料，評論說：「我們現在所有的關於《紅樓夢》的旁證材料，要算這一條為最早。近人徵引此條，每不全錄：他們對於此條的重要，也多不曾完全懂得。」(《胡適紅樓夢研究論述全編》，頁 87）又引《昭代名人尺牘小傳》、《揚州畫舫錄》、《丙辰札記》、《陳鵬年傳》及《江南通志》等介紹曹寅的家世生平，並歸納為以下幾點：(一）曹寅做了四年的蘇州織造，做了二十一年的江寧織造，又兼做了四次的兩淮巡鹽御史。他死後，他的兒子曹顒做了三年的江寧織造，他的兒子曹頫接下去做了十三年的江寧織造。(二）當康熙帝南巡時，他家曾辦過四次以上的接駕的差。(三）曹寅會寫字，會做詩詞，有詩詞集行世：他的家庭富有文學美術的環境。(四）他生於順治十五年，死於康熙五十一年（1958-1712)(《胡適紅樓夢研究論述全編》，頁 93)。——這一部分為四四一一字。曹寅既是有史料可稽的歷史人物，對他的生平經歷並無「求證」的要求，故不再需要進行「證實」。

在對曹寅略傳與家世略作考證之後，胡適轉向曹雪芹的家世境遇及年代問題，這部分共二七四二字，著重討論的是「曹寅究竟是曹雪的什麼人」。他說：「袁枚在《隨園詩話》裏說曹雪芹是曹寅的兒子。這一百多年以來，大家多相信這話，連我在這篇〈考證〉的初稿裏也信了這話。現在我們知道曹雪芹不是曹寅的兒子，乃是他的孫子。」（《胡適紅樓夢研究論述全編》，頁 93）其後，引楊鍾羲《雪橋詩話》及敦誠兄弟的詩，再次斷定「曹雪芹不是曹寅的兒子，是他的孫子」。理由是：「楊先生既然根據《四松堂集》說曹雪芹是曹寅之孫，這話自然萬元可疑。因為敦誠兄弟都是雪芹的好朋友，他們的證見自然是可信的。」（《胡適紅樓夢研究論述全編》，頁 94-95）不過，他所引敦氏弟兄的詩，雖被視作「同時人的證見」，且能證明「曹雪芹當時已很貧窮」，「曹雪芹是一個會作詩又會繪畫的人」，「那貧窮潦倒的境遇裏，很覺得牢騷抑鬱，故不免縱酒狂歌，自尋排遣」（《胡適紅樓夢研究論述全編》，頁 96-97），等等，但對曹雪芹寫《紅樓夢》之事卻都沒有說到。而唯一言「雪芹撰《紅樓夢》一部；，備記風月繁華之盛」、方才還被稱作「現在所有的關於《紅樓夢》的旁證材料要算這一條為最早」的能將曹雪芹與《紅樓夢》掛鉤的「重要」的《隨園詩話》，卻又被置於「不可靠」（至少是「有問題」）的材料之列。在這種情勢下，**胡適在「著者」方面，最需要「求證」的第一個假設是：作為《紅樓夢》作者的曹雪芹，與曹寅確實存在親人關係。**

下文研究的是曹雪芹的年代。胡適承認：「這一層頗有點困難，因為村料太少了。」他據敦誠兄弟與曹雪芹贈答詩，「可以斷定曹雪芹死於乾隆三寸年左右（約 1765）」，並「猜想雪芹的年紀至多不過比他們大十來歲，大約生於康熙末葉（約 1715-1720）；當他死時，約五十歲左右」（《胡適紅樓夢研窮論述全編》，頁 98）。「《紅樓夢》一書是曹雪芹破產傾家之後，在貧困之中做的。做書的年代大概當乾隆初年到乾隆三十年左右，書未完而曹雪芹死了。」(《胡適紅樓夢研究論述全編》，頁 108）後文談到「本子」時，又說：「高序說『聞《紅樓夢》膾炙人口者，幾廿餘年。』引言說『前八十回，藏書家抄錄傳閱，幾三十年。』從乾隆壬子上數三十年，為乾隆二十七年壬午（1762）。今知乾隆三十年間此書已流行，可證我上文推測曹雪芹死於乾隆三十年左右之說大概無大差錯。」(《胡適紅樓夢研究論述全編》，頁 111）所以，**胡適在「著者」方面，最需要「求證」的第二個假設是：曹雪芹的年代、尤其是做書的年什和去世的年代。**

在縷述曹雪芹個人和家世材料之後，胡適鄭重提出了關於《紅樓夢》的核心論點：「我們看了這些材料，大概可以明白《紅樓夢》這部書是曹雪芹的自敘傳了。這個見解，本來並沒有什麼新奇，本來是很自然的。不過因為《紅樓夢》被一百多年來的紅學大家越說越微妙了，故我們現在對於這個極平常的見解反覺得他有證明的必要的。」(《胡適紅樓夢研究論述全編》，頁 98）胡適自會懂得，《紅樓夢》是不是曹雪芹的自敘傳，關鍵並不在有什麼高明的見解，而在掌握了什麼切實的材料。他完全知道應從史料人手，對曹雪芹家世生平與《紅樓夢》「本事」進行落實的考證，證明小說所寫與曹雪芹生平吻合，「自傳」說便順理成章了。

為了對這一假設進行求證，胡適一共用了六五九六字。只是他所列的「幾條重要的證據」中，第一、第二條是作者「將真事隱去」，「這書是我自己的事體情理」、「是我半世親見親聞的」的自白，並無史實可以印證。故最重要的是第二條，即第十六回談論南巡接駕的一大段，他抄引的小說原文如下：

鳳姐道：「……可恨我小幾歲年紀。若早生二三十年，如今這些老人家也不薄我沒見世面了。說起當年太祖皇帝仿舜巡的故事，一部書還熱鬧，我偏偏的設趕上。」

趙嬤嬤（賈璉的乳母）道：「噯喲，那可是千載難逢的！那時候我才記事兒。咱們賈府正在姑蘇揚州一帶，監造海船，修理海塘。只預備接駕一次，把銀子花的像淌海水是的。說起來——」

鳳姐忙接道：「我們王府裏也預備過一次。那時我爺爺專管各國進貢朝賀的事，凡有外國人來，都是我們家養活。粵閩滇浙所有的洋船貨物，都是我們家的。」

趙嬤嬤道：「那是誰不知道的？……如今還有現在江南的甄家，——噯喲，好勢派！——獨他們家接駕四次。要不是我們親眼看見，告訴誰也不信的。別講銀子成了糞土：憑是世上有的，沒有不是堆山積海的。『罪過可惜』四個字，竟顧不得了。」

鳳姐道：「我常聽見我們大爺說，也是這樣的。豈有不信的？只納罕他家怎麼就這樣富貴呢？」

趙嬤嬤道：「告訴奶奶一句話：也不過拿著皇帝家的銀子往皇帝身上使罷了。誰家有那些錢買這個虛熱鬧去？」

然後作出結論道：

此處說的甄家與賈家都是曹家。曹家幾代在江南做官，故《紅樓夢》裏的賈家雖在「長安」，而甄家始終在江南。上文曾考出康熙帝南巡六次，曹寅當了四次接駕的差，皇帝就住在他的衙門裏。《紅樓夢》差不多全不提起歷史上的事實，但此處卻鄭重的說起「太祖皇帝仿舜巡的故事」，大概是因為曹家四次

> 接駕乃是很不常見的盛事，故曹雪芹不知不覺的——或是有意的——把他家這樁最闊的大典說了出來。這也是敦敏送他的詩裏說的「秦淮舊夢憶繁華」了。但我們卻在這裏得著一條很重要的證據。因為一家接駕四五次，不是人人可以隨便有的機會。大官如督撫，不能久任一處，便不能有這樣好的機會。只有曹寅做了二十年江寧織造，恰巧當了四次接駕的差。這不是很可靠的證據嗎？（《胡適紅樓夢研究論述全編》，頁 100-101）

還有第四條也很重要，即第二回敘榮國府的世次：

> 自榮國公死後，長子賈代善襲了官，娶的是金陵世家史侯的小姐為妻，生了兩個兒子：長名賈赦，次名賈政。如今代善早已去世，太夫人尚在。長子賈赦襲了官，為人平靜中和，也不管理家務。次子賈政，自幼酷喜讀書，為人端方正直；祖父鍾愛，原要他以科甲出身的。不料代善臨終時，遺本一上，皇上因恤先臣，即時令長子襲官外，問還有幾子，立刻引見；遂又額外賜了這政老爺一個主事之職，令其入部學習；如今已升了員外郎。

胡適再用曹家的世系來比較，得出結論道：

> 曹寅死後，曹頤襲織造之職。到康熙五十四年，曹頤或是死了，或是因事撤換了，故次子曹接下去做。織造是內務府的一個差使，故不算做官，故《氏族通譜》上只稱曹寅為通政使，稱曹煩為員外郎。但《紅樓夢》裏的賈政，也是次子，也是先不襲爵，也是員外郎。這三層都與曹相合。故我們可以認賈政

> 即是曹順；因此，賈寶玉即是曹雪芹，即是曹之子，這一層更容易明白了。(《胡適紅樓夢研究論述全編》，頁 102-103)

第五條是所謂「最重要的證據」，即曹雪芹自己的歷史和他家的歷史。他引《紅樓夢》開端「風塵碌碌，一事無成」，「一技無成，半生潦倒」，「當此蓬牖茅椽，繩床瓦灶」，證明「著者——即是書中的主人翁——當著書時，已在那窮愁不幸的境地」。又道：

> 況且第十三回寫秦可卿死時在夢中對鳳姐說的話，句句明說賈家將來必到「樹倒猢猻散」的地步。(《胡適紅樓夢研究論述全編》，頁 103)

至於曹家衰落的情形，「再回頭來看《紅樓夢》裏寫的賈家的經濟困難情形，便更容易明白了」：

> 因為《紅樓夢》是曹雪芹「將真事隱去」的自敘，故他不怕瑣碎，再三再四的描寫他家由富貴變成貧窮的情形。我們看曹寅一生的歷史，決不像一個貪官污吏；他家所以後來衰敗，他的兒子所以虧空破產，大概都是由於他一家都愛揮霍，受擺闊架子；講究吃喝，講究場面；收藏精本的書，刻行精本的書；交結文人名士，交結貴族大官，招待皇帝，至於四次五次；他們又不會理財，又不肯節省；講究揮霍慣了，收縮不回來：以致於虧空，以致於破產抄家。《紅樓夢》只是老老實實的描寫這一個「坐吃山空」「樹倒猢猻散」的自然趨勢。(《胡適紅樓夢研究論述全編》，頁 107-108)

由此可見，胡適關於「曹雪芹即是《紅樓夢》開端時那個深自懺悔的『我』！即是書裏的甄賈（真假）兩個寶玉的底本」、「書中的賈府與甄府都只是曹雪芹家的影子」這一核心論題，並不是「讓證據做嚮導」引出來的，而是用賈家世系與曹家世系簡單比附的產物，實際上已淪為他開頭批評過的索隱派「去收羅許多不相干的零碎史事來附會《紅樓夢》裏的情節」。所以**胡適在「著者」方面，需要「求證」的第三個假設是：《紅樓夢》所寫的都是曹家曾有的實事，其中重要的一點，則是曹雪芹為曹兒子。**

再看論「本子」的部分，共五三七三字，占核心部分總字數的百分之二十八。

胡適先是介紹現今市上通行的《紅樓夢》版本，指出除了有正書局一本外，都是從乾隆末年間程偉元的百二十回全本出來的；並說：「『程甲本』為外間各種《紅樓夢》的底本，各本的錯誤矛盾，都是根據於『程甲本』的。」這原本是客觀存在的事實，故無須加以證明。但胡適在講「程甲本」時，把它說成「乾隆五十七年壬子（1792）的第一次活字排本」（《胡適紅樓夢研究論述全編》，頁109），這個小誤，殊堪注意。

對於那唯一不同於程甲本的本子——上海有正書局一九一一年石印的八十回本，胡適明確指出：它封面上題著「國初鈔本《紅樓夢》」是大錯的，「原本」兩字也不妥當，「這本已有總評，有夾評，有韻文的評贊，又往往有『題』詩，有時又將評語鈔人正文（如第二回），可見已是很晚的鈔本，絕不是『原本』了」（《胡適紅樓夢研究論述全編》，頁109）。這個判斷原是非常正確的。但轉眼之間，他卻將這個唯一的八十回本，說成「大概是乾隆時無數展轉傳鈔本之中幸而保存的一種」；然後又毫無根由地推斷說：「《紅樓夢》最初只有八十回，直至乾隆五十六年以後始有百二十回的《紅樓夢》。這是無可疑的。」(《胡適紅樓夢研究論述全編》,頁 109)這一絕對性的論斷,顯然有很大的冒險性;但對胡適來說,卻是無可奈何的事。因為如果承認百二十回的《紅樓夢》是原本,就會對「自傳說」直接構成威脅,所以他才會說出「『程甲本』為外間各種《紅樓夢》的底本」是「《紅樓夢》版本史上一件最不幸的事」這種乍聽似乎毫無來由、卻帶有「先入的成見」的話來。可見,**胡適在「本子」方面,最需要「求證」的第一個假設,乃是《紅樓夢》最初只有八十回,直至乾隆五十六年以後始有百二十回的《紅樓夢》。**

在「《紅樓夢》最初只有八十回」的判斷還沒有尋得實證的情勢下,胡適又急切地提出了「後四十回的著者究竟是誰?」的問題,並列舉了「幾層證據」,匆忙地得出結論:「後四十回是高鶚補的,這話自無可疑。」(《胡適紅樓夢研究論述全編》,頁 115)但在他所舉的四條「證據」中,第二條俞樾的「鄉會試增五言八韻詩始乾隆朝,而書中敘科場事已有詩」,已被他自己判為「不十分可靠」;第三條「程序說先得二十餘卷,後又在鼓擔上得十餘卷」、第四條「高鶚自己的序,說的很含糊,字裏行間都使人生疑」,也都是「先人的成見」。唯有第一條張問陶的「詩及注,勉強可以算一條證據,但「八十回以後俱蘭墅所補」並不等於為蘭墅所續。所以,在這個問題上,胡適連一條「最明白的證據」都沒有找到,於是只好求助於他並不讚賞的「內容的研究」,說:「這些證據固然重要,總不如內容的研究史可以證明後四十回與前八十回決不是一個人作的。」(《胡適紅樓夢研究論述全編》,頁 116)他尋到的內證有:

(1)「史湘雲的丟開」。「第三十一回的回目『因麒麟伏白首雙星』確是可怪!依此句看來,史湘雲後來似乎應該與寶玉做夫婦,不應該此話全無照應。以此看來,我們可以推想後四十回不是曹雪芹做的了。」(《胡適紅樓夢研究論述全編》,頁 116)

（2）小紅的沒有下場。「即如小紅，曹雪芹在前八十回裏極力描寫這個攀高好勝的丫頭：好容易他得著了鳳姐的賞識，把他提拔上去了：但這樣一個重要人才，豈可沒有下場？況且小紅同賈芸的感情，前面既經曹雪芹那樣鄭重描寫，豈有完全沒有結果之理？」（《胡適紅樓夢研究論述全編》，頁 116）

（3）香菱的結果。「第五回的『十二釵副冊』上寫香菱結局，兩地生孤木，合成『桂』字。此明說香菱死於夏金桂之手，故第八十回說香菱『血分中有病，加以氣怨傷肝，內外挫折不堪，竟釀成千血之症，日漸羸瘦，飲食懶進，請醫服藥無效。』可見八十回的作者明明的要香菱被金桂磨折死。後四十回裏卻是金桂死了，香菱扶正：這豈是作者的本意嗎？」（《胡適紅樓夢研究論述全編》，頁 116-117）

總之，在這個問題上，胡適甚至連「收羅許多不相干的零碎史事來附會《紅樓夢》裏的情節」也沒有做到。可見，**他在「本子」方面，最需要「求證」的第二個假設，是《紅樓夢》後四十回不是曹雪芹的原稿，它的著者應該是高鶚。**

請看，胡適就是這樣為新紅學「奠基」的。不難看出，他這種「大膽假設」，在邏輯上首先就講不通：「將真事隱去」與「自敘的書」，乃是不相容的概念。《紅樓夢》如果是作者的「自敘傳」，那就絕不會是「將真事隱去」;《紅樓夢》如果是一部實錄，它與生活原型僅是賈政之與曹、賈寶玉之與曹雪芹的區別，那也不是「將真事隱去」，而只是「將真名隱去」。蔡元培當年反駁說：「書中既云真事隱去，並非僅隱去真姓名，則不得以書中所敘之事為真。又使寶玉為作者自身之影了，則何必有甄、賈兩個寶玉？」他還說：「若以趙嬤嬤有甄家接駕四次之說，而曹寅適亦接駕四次，為甄家即曹家之確證，則趙嬤嬤又說賈府只預備接駕一次，明在甄家四次之外，安得謂賈府亦即曹家乎？胡先生因賈政為員外郎，適與員外郎曹相應，遂謂賈政即影曹。然《石頭記》第三十七回有賈政任學差之說，第七十一回有『賈政回京覆命，因是學差，故不敢先到家中』云云，曹順固未聞曾放學差也。」(《胡適紅樓夢研究論述全編》第 145—146 頁）這些，都是胡適無法回答的。完全可以想像，胡適是多麼渴望得到實在文獻的支撐！

那麼，脂硯齋是如何「證實」胡適的幾條假設的呢？讓我們來逐條檢驗一下：

第一，作為《紅樓夢》作者的雪芹，與曹寅存在親人關係的證實。

甲戌本的批語採用了兩種方式：

一是關於「西堂」的暗示。A0230【◎甲戌側】:「『後』字何不直用『西』字？恐先生墮淚，故不敢用『西』字。A1560【◎甲戌側】:「誰曾經過，歎歎。西堂故事。」曹寅自號「西堂掃花行者」，脂硯齋說的乃盡人皆知的普通事實，並沒有透露任何獨家秘聞。他雖欲以此暗示《紅樓夢》作者與曹寅的關係，但從批語與正文「相須而行」的特點考量，卻存在明顯的矛盾。

一是關於「樹倒猢猻散」的暗示。A1087【◎甲戌眉】:「『樹倒猢猻散』之語，全猶在耳，屈指三十五年矣。傷哉，寧不痛殺。」不知為什麼，居然誰也沒有想到「樹倒猢猻散」非曹寅的專利，單在胡適的文章就出現了兩次：「第十三回寫秦可卿死時在夢中對鳳姐說的話，句句明說賈家將來必到『樹倒猢猻散』的地步。」(《胡適紅樓夢研究論述全編》第 103 頁)「《紅樓夢》只是老老實實的描寫這一個『坐吃山空」樹倒猢猻散』的自然趨勢。」(《胡適紅樓夢研究論述全編》，頁 107-108）胡適命筆時，肯定不知道曹寅曾經說過這樣的話，否則他就不需勞脂硯齋的大駕了。脂硯齋不過依葫蘆畫瓢地照抄一遍，竟變成了新的「證據」，而那信息源其實恰來自胡適自己。

第二，曹雪芹的年代、尤其是他去世年代的證實。

為此，甲戌本的批語也採用了兩種方式：

一是甲戌本第一回正文：「至脂硯齋甲戌抄閱再評，仍用《石頭記》。」一是 A0066【◎甲戌眉】：「壬午除夕，書未成，芹為淚盡而逝。」一九二八年胡適在〈考證《紅樓夢》的新材料〉中回應道：

> 「出則既明」以下與有正書局印的戚抄本相同。但戚本無此上的十五字。甲戌為乾隆十九年（1754），那時曹雪芹還不曾死。據此，《石頭記》在乾隆十九年已有「抄閱再評」的本子了。可見雪芹作此書在乾隆十八九年之前。……壬午為乾隆二十七年，除夕當西曆一九六三年二月十二日（據陳垣《中西回史日曆》檢查）。我從前根據敦誠《四松堂集》〈挽曹雪芹〉一首詩下注的「甲申」二字，考定雪芹死於乾隆甲申（1764），與此本所記，相差一年餘。雪芹死於壬午除夕，次日即是癸未，次年才是甲申。敦誠的挽詩作於一年以後，故編在甲申年，怪不得詩中有「絮酒生芻上舊坰」的話了。現在應依脂本，定雪芹死於壬午除夕。（《胡適紅樓夢研究論述全編》，頁161-162）

「壬午除夕，書未成，芹為淚盡而逝」的要點，除了揭示曹雪芹卒年，更在認定《紅樓夢》之書「未完」。關於《紅樓夢》的寫作狀況，「曹雪芹於悼紅軒中披閱十載，增刪五次，纂成目錄，分出章回」的話，已經說得非常清楚。假定甲戌本是原本，「至脂硯齋甲戌抄閱再評仍用石頭記」十五個字自然是原有的，後來方被別的本子（包括屬於脂本的己卯本和庚辰本）刪去；假定甲戌本是後出之本，這十五個字則是抄錄者擅自添加的：二者必居其一。單就甲戌本自身著眼，「甲戌抄閱再評」在正文中，書寫應與正文同時；「壬午除夕書未成」是眉批，書寫肯定比正文要晚。「甲戌」應該比「壬午」可靠。將「甲戌抄閱再評」與「披閱十載，增刪五次」相聯，依甲戌本自身之邏輯，乾隆十九年甲戌（1754）前十年（就算乾隆九年），曹雪芹就開始寫作《紅樓夢》，經過十年的努力，應該已經成書。怎麼到了十八年後的乾隆二十七年壬午（1762），還會「書未成」呢？我們是相信曹雪芹的「披閱十載，增刪五次，纂成目錄，分出章回」，還是相信脂硯齋的「書未成，芹為淚盡而逝」？

最可尋味的是，「書未成」不僅比正文晚，而且批的位置不正常。依照情理，只有讀到《紅樓夢》殘稿末尾，發見本書沒有寫完，便會感歎曹雪芹的早逝，從而批上一段傷感的話語。也就是說，「書未成」的批語，最合適的地方應該在書末。但這條「壬午除夕，書未成」，偏偏批在小說開卷第一回！批者的目的無非想將它與「甲戌抄閱」寫在同一頁上，以突出「甲戌」與「壬午」兩個重要干支。最重要的兩條材料，竟擠在半頁篇幅中，顯然出於有心的安排。而當藏書的人把書送來時，胡適只「看了一遍」，就「深信此本是海內最古的《石頭記》抄本」了。他一眼「看」到了什麼？就是那同一頁上「甲戌」與「壬午」兩個干支，這正是他最需要的「證據」，卻完全沒有考慮「哭成此書」與「書未成」的矛盾。

尤可注意的是，「壬午」這一關鍵字，竟然也源於胡適！他說：「從乾隆壬子上數三十年，為乾隆重二十七年壬午（1762）。」前面說過，胡適把「程甲本」說成「乾隆五十七年壬子（1792）的第一次活字排本」，這個小誤，方導致「上數三十年，為乾隆二十七年壬午」；如果他正確地說程甲本是乾隆五十六年辛亥（1791）的排印本，則上數三十年，豈不就是乾隆二十六年辛巳（1761）了，脂硯齋也許就要批「辛巳除夕，書未成，芹為淚盡而逝」了。不寧惟是，連脂批頻頻出現的「三十年」、「三十五年」，也是胡適最常用的字眼，如抄引《紅樓夢》第十六回風姐道：「可恨我小幾歲年紀。若早生二三十年，如今這些老人家也不薄我沒見世面了。」特地在「若早生二三十年」幾個字上打了著重號。脂硯齋沒鬧明白，就隨便亂用。如「『樹倒猢猻散』，今猶在耳，屈指三十五年矣」的話，原是不能信以為真的。胡適居然從他所假定批語的「折中年代」即乾隆二十九年（1764），說：「上推三十五年為雍正七年（1729），曹雪芹約十三歲，其時曹順卸任織造（1728），曹家已衰敗了，但還不曾完全倒落。」（《胡適紅樓夢研究論述全編》，頁 164-165）

第三，《紅樓夢》所寫都是曹家曾有的實事，曹雪芹為曹頫兒子的證實。

脂硯齋對前一條的證實是，A1203【◎甲戌回前】：「借省親事寫南巡，出脫心中多少憶惜感今。」A1253【◎甲戌側】：「甄家正是大關鍵、大節目，勿作泛泛口頭語看。」對後一條的「證實」是，A0249【◎甲戌側】批：「嫡真實事，非妄擁也。」從袁枚《隨園詩話》、陳其元《庸閒齋筆記》、俞樾《小浮梅閒話》到葉德輝《書林清話》，皆說《紅樓夢》為曹寅之子雪芹所作；從小說文本尋找內證，以為寫南巡接駕即是「自傳」說的「重要的證據」、「可靠的證據」，卻是出於胡適的首創。脂硯齋的批語，與一九二一年胡適的假設「曹家四次接駕乃是很不常見的盛事，故曹雪芹不知不覺的——或是有意的——把他家這樁最闊的大典說了出來」，完全是簡單的重複。明明是脂硯齋附和了自己的「高論」，胡適卻轉過來說是「出於我自己意料之外的好證據」！曹雪芹是誰的兒子，至今還未沒找到確證，脂硯齋居然敢稱「嫡真實事，非妄擁也」，非瞎說而何！

第四，《紅樓夢》最初只有八十回的證實。

脂硯齋要證實這一點，那真是太便當了。第一，甲戌本自身就是一個殘本，它只有十六回。這對於炮製者來說，是極其省力的事情；第二，再加上一條「書未成，芹為淚盡而逝」的批語。那不過是將胡適所說的「做書的年代大概當乾隆初年到乾隆三十年左右，書未完而曹雪芹死了」轉化為文言而已。但胡適卻在一九二八年回應道：「從這些證據裏，我們可以知道雪芹在壬午以前，陸續作成的《紅樓夢》稿子決不止八十回，可惜這些殘稿都『迷失』了。脂硯齋大概曾見過這些殘稿，但別人見過此稿的大概不多了，雪芹死後遂完全散失了。」（《胡適紅樓夢研究論述全編》，頁 190）

第五，《紅樓夢》後四十回不是曹雪芹原稿的證實。

甲戌本僅十六回，故胡適所舉的湘雲、香菱的情節都不曾包含在內，而對紅玉一條的「證實」，脂硯齋的語言居然又和胡適一九二一年的假設一模一樣：

> A1378【O 甲戌眉】：「紅玉一腔委曲怨憤，繫身在怡紅，不能遂志，看官勿錯認為芸兒害相思也。」
> A1515【◎甲戌回後】：「鳳姐用小紅，可知晴雯等理沒其人久矣，無怪有私心私情。且紅玉後有寶玉大得力處，此於千里外伏線也。」

研究者可能早就犯了嘀咕：《紅樓夢》中，大大小小的、可愛的不可愛的人物多矣，為何偏偏小紅這位不敢讓人恭維的小人，會受到脂硯齋的青睞？原來是胡適早就誇獎她是「重要人才」，還特別提到她「同賈芸的感情」的緣故。不想到了一九二八年，胡適居然作出如此的回應：「小紅的結局，雪芹也有成稿。」又云：「獄神廟一回，究竟不知如何寫法。但可見雪芹曾有此『一大迴文字』。高鶚續書中全不提及小紅，遂把雪芹極力描寫的一個大人物完全埋沒了。」（《胡適紅樓夢研究論述全編》，頁 186-187）由於脂本被捧為曹雪芹「原本」，脂批是見過「原稿」的「至親」者之批，他所說「後三十回原著」的「紅玉探監」及「獄神廟諸事」等情節，又與程本後四十回迥然有別，程本後四十回就不是曹雪芹的原著，「高鶚續書」之說也就成為「鐵案」。

胡適在《治學方法》中說：「要大膽的提出假設，但這種假設還得想法子證明。所以小心的求證，要想法子證實假設或者否證假設，比大膽的假設還更重要。」（《胡適紅樓夢研究論述全編》，頁 227）。他在〈治學的方法與材料〉中還說：「不用坐待證據的出現，也不僅僅尋求證據，他可以根據種種假設的理論造出種種條件，把證據逼出來。故實驗的方法只是可以自由產生材料的考證方法。」（《新月》1 卷 9 號，1928 年 11 月 10 日）強調「要想法子證實假設」，要「根據種種假設的理論造出種種條件，把證據逼出來」，要「製造適當的『因』，去追求想像中的『果』」，他把這叫做「實驗的方法」。

從現象上看，脂本不是他「想法子」尋找或製造的，而是「坐待」到手的。胡適當年介紹說：「去年我從海外歸來，便接著一封信，說有一部抄本《脂硯齋重評石頭記》願讓給我，我以為『重評』的《石頭記》大概是沒有價值的，所以當時竟沒有回信。不久，新月書店的廣告出來了，藏書的人把此書送到店裏來，轉交給我看。我看了一遍，深信此本是海內最古的《石頭記》抄本，遂出重價把此書買了。」（《胡適紅樓夢研究論述全編》，頁 158）一九六一年他又回憶說：「那位藏書家曾讀過我的《紅樓夢考證》，他打定了主意要把這部可寶貝的寫本賣給我，所以他親自尋到新月書店去留下這書給我看。」(《胡適紅樓夢研究論述全編》，頁 319）此本成交的曲折表明，事情也許要複雜得多。從賣主一方看，家住上海馬霍福德里三百九十號的胡星垣，不是挑著鼓擔滿街叫賣的貨郎，而是極有心計的角色。他之「打定主意」要把脂本賣給胡適，是因為研究過《《紅樓夢》考證》，對紅學動向頗為熟悉，深諳主顧有哪些「需求」；從買主一方看，胡適起初認定「重評」的本子沒有價值，及至一見此本，便「深信此本是海內最古的《石頭記》抄本」，不惜出重價買下了。所以會有一百八十度轉彎，是脂本中有他所需要的、對他有用的東西。《脂硯齋重評石頭記》正是胡適翹首以盼的，它的出現，「證實」了他關於作者與本子的假設，使新紅學一舉獲得了「關鍵性證據」。但從根本上講，脂硯齋既沒有掌握任何絕秘的信息，也沒有表現出任何的獨創性。《脂硯齋重評石頭記》也許是「自由產生」的（我們暫時無法弄清它炮製的全部秘密），但又確實是被胡適的新紅學「逼出來」的。胡適的《《紅樓夢》考證》並沒有太大的資訊量，它所要「求證」的種種，居然成了脂硯齋的信息源，這就足以表明，脂批是為了迎合胡適的「觀念」、靠克隆源自胡適的話語而炮製的，這就是問題的實質。

「秦可卿淫喪天香樓」之說，更是為回應胡適的「觀念」而炮製的；而胡適產生「新說」的種種靈感，又是由當時社會上的不根之談誘發的。不妨多花一些筆墨來追溯一下。

一九二一年五月三十日，胡適給顧頡剛先生寫了一封信，信中說：「寄上上海《晶報》〈紅樓佚話〉四則，可見人對於『傳聞』的信心，真有不可及者！」(《胡適紅樓夢研究論述全編》，頁 54）信後附有一九二一年五月十八日《晶報》的〈紅樓佚話〉：

近人多謂《紅樓夢》一書為記清相明珠家事而作；至於書中人物，各有所指，則又言人人殊。大概以納蘭容若為全書主人翁賈寶玉者近是。頃見某氏筆記一則，其說乃至可異。略曰：「曹雪芹館明珠家。珠有寡嫂，絕色也，偶與雪芹遇於園中，夜則遣婢招之。雪芹逾垣往，忽聞空中語曰：『狀元騎牆人！』悚然而退。然終情不自禁。復往；神語如初。雪芹弗顧，曰：『狀元三年一個，美人千載難得也！』遂與歡狎。旋以事敗見逐，故作《紅樓夢》以泄忿。書中婦女之清白者，惟李宮裁一人，即指其所歡也。」按此說似未經人道，存之以備參考。

又有一說，謂是書為雪芹寫恨而作。雪芹有中表妹，名紅紅，能詩，工琴，即書中之黛玉也；對雪芹誓為伉儷未果，齎恨以歿。雪芹引為奇痛，因作是書以記之。書名曰《紅樓》，寶玉所居曰怡紅院，皆隱女名也。雪芹居南京時，嘗築一小樓，名悼紅軒；後歸燕京，闢一小園，園中有樓，亦名悼紅軒，在內城東。今已荒廢，而樓中悼紅軒匾額尚存，雪芹手筆也。書作隸體，筆力頗健，左首有印章二，一陽文，雪芹二字，一陰文，已模糊不可辨，彷彿一為曹字，餘一字，左偏從火，右旁則多方認識，終莫能識。按：今《紅樓夢》刊本皆有悼紅軒原本字樣，玩悼紅兩字之義，此說或不為無因也。

雪芹為漢軍旗人；其父楝亭，嘗官江寧織造。雪芹幼時，有僧見之，許為異器。少長，好揮霍，千金一擲，無所吝。父怪之甚，一日，以二千金畀雪芹，曰：「若能以一餐之費盡吾金，則為奇慧人矣。」雪芹曰：「此易易耳！」乃呼僕至，以二千金盡買鸚鵡，割其舌而炙之，舉箸立盡。父乃歎曰：「真吾家異器也！」以祖傳玉章一方賜之。嘉慶間，林清教案作，曹勳

> 以貧故入教，牽連被戮，覆其宗。勳，即雪芹之孫也。或謂雪芹撰《紅樓夢》以誨淫，宜有是報：然歟？否歟？
> 《紅樓夢》八十回以後，皆經後人竄易，世多知之。某筆記言，有人曾見舊真本，後數十迴文字，皆與今本絕異。榮、寧籍沒以後，備極蕭條，寶釵已早卒，寶玉無以為家，至淪為擊柝之役。史湘雲則為乞丐，後乃與寶玉為婚。又據濮君某言，其祖少時居京師，曾親見書中所謂焙茗者，時年已八十許，白滿頰，與人談舊日興廢事，猶泣下如雨。且謂書中諸女子，最美者為探春，釵、黛皆莫能及；次則秦可卿亦甚豔；而最陋者為襲人，寶玉乃特眷之，殊不可解。又有人謂秦可卿之死，實以與賈珍私通，為二婢窺破，故羞憤自縊。書中言可卿死後一婢殉之，一婢披麻作孝女，即此二婢也。又言鴛鴦死時，見可卿作縊鬼狀，亦其一證。凡此種種之佚話，皆足以資「紅學」家之談助也。(《胡適紅樓夢研究論述全編》，頁 54-56)

顧頡剛先生對於此類不經之談，頗持嘲笑的態度。一九二一年六月六日答書云：「上海《晶報》的四條〈紅樓佚話〉，第一條太可笑，明珠的寡嫂，曹璽才盜得到呢！第二條，到了悼紅軒發見的東西，依然只曹雪芹三個字；——幸虧他沒有道出名來，否則便疑誤（貽誤）後來人了。至於『襲人最醜』，則為快意之談，『可卿自縊』，又是想像的話，這都是看了書後的一種閒說。」(《胡適紅樓夢研究論述全編》，頁 58）一九二一年六月二十四日他在給俞平伯先生信中又說：「《晶報》上〈紅樓佚話〉，說有人見書中的焙茗，據他說，秦可卿是與賈珍私通，被婢撞見，羞憤自縊死的。我當時以為是想像的話，日前看冊子，始知此說有因。冊子上畫一座高樓，上有美人懸樑自盡。……若說可卿果是自縊的罷，原文中寫可卿的死狀，又最是明白。作者若要點明此事，何必把他的病症這等詳寫？這真是一樁疑案。」（《紅樓夢評論選》上，中國社會科學出版社，1998 年，頁 407）

不料顧頡剛先生「純懷疑的態度」，卻激發了俞平伯先生的興趣，遂於一九二三年六月為《紅樓夢辨》中卷寫了〈論秦可卿之死〉一節。在此題目下，將與顧先生討論的信劄錄出，以代替具體論證：「從各方面推較，可卿是自縊無疑。」他的獨創之點，則是以〈紅樓佚話〉「秦可卿與賈珍私通，被婢撞見，羞憤自縊死」為據，證明所謂婢者即是寶珠和瑞珠：「若明寫縊死，自不得不寫其因；寫其因，不得不暴其醜。而此則非作者所願。但完全改易事蹟致失其真，亦非作者之意。故處處旁敲側擊以明之，使作者雖不明言而讀者於言外得求其言外微音。」（《俞平伯論紅樓夢辨》，頁 269）

不想一九二七年的甲戌本，卻一下子證實了他所有的「推較」。胡適一九二七年八月十二日在〈與錢玄同書〉中說：「第十三回可卿之死，久成疑竇。此本上可以考見原回目作『秦可卿淫喪天香樓』，後來全刪去天香樓一節，約占全回三之一。今本尚留「又在天香樓上另設一壇（醮）」一句，其「天香樓」三字上不著天，下不著地，今始知為刪削剩餘之語。此外尚有許多可貴的材料，可以證明我與平伯、頡剛的主張。」（《胡適紅樓夢研究論述全編》，頁 147）一九二八年二月十二日撰〈考證《紅樓夢》的新材料〉，第三節標題即為「秦可卿之死」，所引的材料即甲戌本「彼時闔家皆知，無不納罕，都有些疑心」句上的 A1093【◎甲戌眉】:「九個字寫盡天香樓事。」及「又聽得秦氏之丫環名喚瑞珠者，見秦氏死了，他也觸柱而亡」句旁 A1108【◎甲戌側】:「補天香樓未刪之文。」胡適明知這都是俞平伯六年前就討論過的，在行文中還說：「俞平伯在《紅樓夢辨》裏特立專章，討論可卿之死。（中卷，頁一五九－一七八。）但顧頡剛引《紅樓佚話》說有人見書中的焙茗，據他說，秦可卿與賈珍私通，被婢撞見，羞憤自縊死的。平伯深信此說，列舉了許多證據，並且指秦氏的丫環瑞珠觸柱而死，可見撞見姦情的便是瑞珠。現在平伯的結論都被我的脂本證明了。我們雖不得見未刪天香樓的原文，但現在已知道（一）秦可卿之死是『淫喪天香樓』。（二）她的死與瑞珠有關係。（三）天香樓一段原文占本回三分之一之多。（四）此段是脂硯齋勸雪芹刪去的。（五）原文正作『無不納罕，都有些疑心』，戚本始改作『傷心』。」（《胡適紅樓夢研究論述全編》，頁 169）載有《紅樓佚話》的上海《晶報》，明明是胡適自己給顧頡剛「寄上」的，他在此處卻以局外人的口氣，說什麼「顧頡剛引〈紅樓佚話〉」云云，就是想隱去此說對他產生的重大影響。

相形之下，俞平伯先生對甲戌本「證實」，就比胡適要清醒得多了。他在一九三一年六月十九日所寫的〈脂硯齋評《石頭記》殘本跋〉中說，「此書之價值亦有可商榷者，其非脂評原本乃由後人過錄」，「又凡朱筆所錄是否均出於一人之手，抑經後人附益，亦屬難定。其中有許多極關緊要之評，卻也有全沒相干的，翻覽即可見。例如『可卿淫喪天香樓』，固余之前說，得此益成為定論矣；然第十三回（頁三）於寶玉聞秦氏之死，有夾評曰，『寶玉早已看定可繼家務事者可卿也，今聞死了，大失所望，急火攻心，焉得不有此血，為玉一歎。』此不但違反上述之觀點，且與全書之說寶玉亦屬乖謬，豈亦出脂齋手乎？是不可解。」俞先生此處用了「前說」一詞，說因得脂批而「益成為定論」。那麼，這是他的「先見之明」，還是脂硯齋的奉迎湊合？由於問題比較重大，不妨仍以兩種可能的思維線路，來檢驗「秦可卿淫喪天香樓」觀念的來龍去脈：

第一條線路：乾隆十九年甲戌（1754）《脂硯齋重評石頭記》→一九二一年五月十八日《晶報・紅樓佚話》→一九二三年六月二十一日俞平伯《紅樓夢辨・論秦可卿之死》。

按照這條思維線路，早在乾隆十九年（1754），脂硯齋就指出秦可卿是曹家的真人。可惜的是，不僅後世讀者都看不出這一點，連同為「脂本系統」其它版本的評點者也毫無風聞，直到湮沒一百六七十年後，方由「其祖少時居京師，曾親見書中所謂焙茗者」的濮君某揭示出來，因而大大地啟迪了新紅學家的靈感。

第二條線路：一九二一年五月十八日《晶報·紅樓佚話》→一九二三年六月二十一日俞平伯《紅樓夢辨·論秦可卿之死》→一九二七年八月甲戌本《脂硯齋重評石頭記》。

細心考察一番，就會發現「秦可卿淫喪」的關鍵，在「為二婢窺破，故羞憤自縊」的「創見」能否成立。按第一條思維線路，甲戌本早就在「又聽得秦氏之丫環名喚瑞珠者，見秦氏死了，他也觸柱而亡」加上了批語：「補天香樓未刪之文」，而後方由「濮君某」據以發揮的。但他明明說是「其祖少時親聆焙茗」得來的；如果他要有意張大其辭，說自己掌握了「作者生前的寫本」，不是更有權威性麼？

按照後一條思維線路，秦可卿因私通「為二婢窺破，故羞憤自縊」，是不懂文學創作的「濮君某」的「胡」。她如果真的與賈珍私通，連大門外的焦大都放在嘴上了，可見已是闔府皆知之事，「耳朵聽出老繭」的秦氏，早該具備相當的心理承受力，怎麼會因偶被婢子撞見，就「羞憤自縊」呢？再說，連掛在嘴上的焦大都奈何不了，又能將「撞見」的丫鬟怎麼樣呢？瑞珠竟會因「闖了大禍觸柱而死」，是根本不可能的。「秦可卿淫喪」說的始作俑者，其實就是那位胡編《紅樓佚話》的。他說「濮君某言，其祖少時居京師，曾親見書中所謂焙茗者，時年已八十許」，而濮某之祖所聞「焙茗」之言的要義，是《紅樓夢》人物皆為真人，書中諸女子（探春、寶釵、黛玉、秦可卿、襲人）之美貌，尤是其祖少時親聆焙茗所言，所以是真之又真的實事。此種無稽之談，竟刺激了新紅學家的想像力。從這個意義上說，編造的「所謂焙茗者」，才是第一個有資格說「親見親聞」的人，脂硯齋們不過是他的後輩小子而已。不過尚且知道，「珠有寡嫂，絕色也，偶與雪芹遇於園中，夜則遣婢招之」的事，大量明清「豔情小說」都有一個模式：主子行此苟且之事，不僅不會瞞住丫鬟，而且還要首先「收用」以堵其嘴。如《姑妄言》第十三回敘阮大鋮欲與大媳婦氏通姦，先是命「瘦馬」出身的妾馬氏做馬泊六，後來又嫌馬氏礙眼，要到氏屋裏才得放心快活，又怕丫頭口嘴不好傳揚出去，便索性把丫頭也弄上了⋯⋯。這點道理，新紅學家不會不懂，惟因「可卿死後一婢殉之，一婢披麻作孝女」之說，「證實」了秦可卿確有其人，便不顧一切地擁護贊成了。

脂硯齋比「濮君某」多出的「創意」，除了自作聰明落實「淫喪」的地點——天香樓（其愚蠢正因此暴露無遺）外，竟斗膽將自己混充凌駕於作者之上的權威：什麼「鳳姐點戲，脂齋執筆」，什麼「缺中秋詩，俟雪芹」，而「命」作者刪去「秦可卿淫喪天香樓」，尤是最無恥最卑劣的行徑。彷彿是預見到脂硯齋者流的伎倆，針對「《紅樓夢》一書為作者自道其生平者」的說法，王國維早就指出：「其說本於此書第一回『竟不如我親見親聞的幾個女子』一語。信如此說，則唐旦之《天國喜劇》，可謂無獨有偶者矣。然所謂親見親聞者，亦可自旁觀者之口言之，未必躬為劇中之人物。如謂書中種種境界，種種人物，非局中人不能道，則是《水滸傳》之作者，必為大盜，《三國演義》之作者，必為兵家，此又大不然之說也。」一語道破了「自傳」的最大失誤，就在將「親見親聞」，機械地解釋為「書中種種境界，種種人物，非局中人不能道」。

連起先嗤之以鼻的顧頡剛先生，後來竟也完全贊成起來，並在一九二一年七月二十日信中發揮道：「其實他們倘使真遇到了焙茗，豈有不深知曹家事實之理，而百餘年來竟沒有人痛痛快快說這書是曹雪芹的自傳，可見一班讀《紅樓夢》的與做批評的人竟全不知道曹家的情狀。若是從前的紅學家能稍做些合理的研究，必不讓適之先生作啟蒙期的第一人了。」（《紅樓夢評論選》上，頁 415）在新紅學家的自我感覺中，他們之比「濮君某」高明，是因為他只知「閒談」，不知「不肯研究下去，更不能詳細發表出來」，「痛痛快快說這書是曹雪芹的自傳」，這是他們的悲哀。不料在若干年後，類似的佚聞竟源源不斷地「產生」出來。據呂啟祥先生主編《紅樓夢研究稀見資料彙編》所錄之進〈與曹雪芹有關的女子們〉（青島《民民民》第五期，1944 年 7 月）與張務祥〈紅樓夢之尤三姐確有其人而有其事〉（天津《華北新報》，194 年 10 月 20 日），計有：

1. 陳同禮《遊餘識意》：「雪芹與中表霓蓀、髫年共侍邱棠樂孝廉函文，朝夕相伴，初謂梅竹無嫌，而霓蓀偶自巾箱得王實甫《西廂》、元微之《會真記》，竟對雪芹懷慕戀意，欲效雙文。雪芹有句曰：『謂是無緣卻有緣，如花妝琢憶髫年。』為霓蓀詠也。」
2. 徐東澧《匏廬雜俎》：「綠綺於雪芹為中表，美而慧，髫齡與雪芹共師事韓肖黎。年十五，隨父之揚州任，因相睽。『心事猶遲一啟齒，維揚聞道嫁羅敷！』為綠綺詠也。」
3. 楊靜庵《海岱外函．閨閣詩》：「……安人挈家西來。……是春，綠綺於玲園重晤雪芹。……落紅滿地，芳臆悵觸，掇收碎英，瘞之暖鴻池側，至隕涕，有百二十韻識其事。……溫如常叩雪芹，然雪芹堅不舉以示人曰：『閨閣筆墨，非我輩所可褻瀆者。』曰：『薇露以盥，蘭香以供，齋戒而跪誦之，何若？』雪芹愠，溫如亦不懌。惟紉黎浯人，不過深深葬玉，鬱鬱埋香等辭類。……」

4. 趙南垣《零餞小集》:「『荷芀瑰蕙秦姝淚，豆蔻椒蘭越女妝！放歌澹圃思幽境，胭脂涕泗禱英皇！』曹（雪芹）為娟斐作也。娟，名門女，秘誓佛前，非君不嫁。後不果。」
5. 一壇道人《松柳溪軒漫記》:「沅霞與雪芹，實有淵戚之誼，夙曾相識，工詩詞針黹，以十八歲來歸，蘭囱唱酬無虛日，年方逾花信，遽殂落。余常見所繡『春宵』二律，歎為絕巧。」
6. 於友水《察淵燭邃齋》三之八:「蘿菲常隨貢使騎，遠入緬土，其父春航，時為護使官。及返，詩雄絕。宋人謂太史公遍覽名山大川，文乃遐放，繫在女子，亦其然乎？余曾得雪芹一，上書蘿菲詩，綺靡深健，雅邃宏偉，江寧騷壇，少覘斯作。曹太夫人嘗欲要護使，以蘿菲妻雪芹，終未諧也。雪芹或以為憾乎？鏡片梳淩，別有懷抱，傷心人自永傷心也歟！」
7. 程鶴年《說元室札記》:「雪芹有蒼頭，至憨厚，貧而猶相依。迨其死，雪芹為詩哭之。憶此老僕，曾將書來。八弟謂：阿曹陞遷矣。發視之，赫然乞米帖也。」「雪芹能詩，善為文，具美姿容，尤良於飲。待人每失之簡傲，託事常偏於高狂。惟於女子體貼屈就，蓋鍾於情者。姑衷母有女，乳名紫錦，少於雪芹一歲，國色也。上南幸，隨蹕翰林衷士魁，嘗以御題命，錦援筆立成，獲上賞。自幼與雪芹共居處，花朝月夕，旋忤旋謝，發乎情而止於禮，固以姻媾往還也。然才女文士，相應相感，韓樓鬱抑，湘臺悒悵，風柔韻，何克遣此！雪芹有述懷詩六萬言。畢及七載共窗情事，格於一檻，莫可云何！常陳於母氏，奈早訂秦家女。比聞魚軒返晉——士魁之弟士倫，紫錦叔也，官於山西，故隨之以去。雪芹哭竟日、目流血、祭月老祠，當壇焚稿。」

8. 陳翔《東堂剩稿》：「時，雪芹讀書於掇芳齋，正與余議刻饒翁詩，而姬死。姬金陵產，色姝，性闊達，對客不避言笑，客且懾於大方落落，談鋒辟易。雪芹語人曰：憐卿經濟才，生為女兒身，不然，以之為宰相，當與荊公之變法致敗，吐氣於千年之後！」（頁五四）

9. 盧孟龍《胭脂窗絮語》：「見雪芹為靈藍招魂之賦，殊覺秀潤悱惻。靈藍、九齡為曹母婢，雪芹深愛之。弄盟爭花，亦如兩小。蘊於中者既久，發於外者自醇，非可強為。」（卷三頁二九）

10. 路心文《呢喃賡燕集》卷二，十八則：「……齊子以重陽過我，相與快譚《紅樓》於裕後堂。齊子，雪芹硯友，猶及見其呵毫調墨，揮灑是編云，尤三姐乃其仰慕而欲師之者，蓋確有其人而有其事也……」按：齊榮揚（路所稱齊子）為雪芹小友（見毛庭瑜《松柳溪軒雜纂》所記），其言當甚可靠。

11. 趙峨雙《憶園聽濤錄・情殉》：「古莖竹泉孝廉言：雪芹姻屬石姓者，生二女，絕豔；而其仲尤姝麗，殆天人矣！年二八，偕長觀劇；梨園中有為生腳者，不知其姓氏，雅慕柳敬亭，因亦自取姓曰柳；先固世家子也，石姓二女皆喜之。然，禮義者，天下之防也，未可逾矩：僅發乎情而止焉。然，柳固未卜婚也；仲女獨矢志誓夫，之死靡他。姊娣間咸嗤其妄，雪芹聞之，當係感以詩，有『鍾情貴到癡』等語。無何，而梅期邇，嫂妹勸嫁，乃其志更堅；至禮佛長供，冀之來生。戚某，憐其刻苦，適有行腳商，爰隨之入湘，竟遭柳生於澧濱。力促之返。柳以事屬罕觀，且誤於眾人之言，蘧疑有他！仲女夙而禱之，夕而祝之，既得君子，乃無以明其堅貞，深悲湛怨，結於方寸，陡若癲狂；亟出而執柳曰：『於禮，處子不能越閫外與路人有語言，然，今日之事急矣！妾茹辛待君者將十載；乃毋情人入湘，耗資亦至數千！由庸眾言之，決出乎情理之外：故其啟人疑必也。於戲！君其亦庸人也哉！妾念絕矣！』語已而自刎。抑豈知柳生，更深於情：捶胸揮淚必欲隨之地下。戚某，奪其手中刀，閉之僻室。但不進飲食。人憚其絕粒而自裁也，求計於若量法師。其後，柳生終入空門。雪芹亦聞之而隕涕。吁！可哀已！……」

12.陳翶《東堂剩稿》(前有乾隆甲寅序；較《松柳溪》早刻版十四年，較《呢喃集》早三十一年)：「雪芹遠親，有石姓女；雪芹每稱揚之：不諳文字而有古人風；末世脂粉隊中所不易睹者也！」(人民文學出版社，2001 年，頁.1031-1033、1042-1043)

與胡編《紅樓佚話》的相比，以上諸位真不知要高明多少。可惜的是，這時候新紅學家的興趣已經轉移，否則真可以「研究下去」，更「痛痛快快說這書是曹雪芹的自傳」了。

脂硯齋企圖「證實」俞平伯的還不止此。如一九二二年俞平伯先生說：「《好了歌》是泛指一般人的，而《歌注》卻專指賈氏一家之事。可惜現在我們不能把這個解析分明，有些是盲昧的揣想，有些連揣想的逕路也沒有，只覺得八十回後，對於此點，應有個關照而已。」他的揣想是：

> 陋室空堂，當年笏滿床；衰草枯楊，曾為歌舞場。蛛絲兒結滿雕梁，綠紗今又糊在蓬窗上。（寶玉之由富貴而貧賤）說甚麼脂正濃，粉正香，如何兩鬢又成霜？（寶玉之由盛年而衰老）昨日黃土隴頭堆白骨，今宵紅綃帳裏臥鴛鴦。（似指寶玉續娶之事，如高鶚寫黛玉死而寶釵嫁，舊時真本寫寶釵死而湘雲繼）金滿箱，銀滿箱，轉眼乞丐人皆謗。（誰？舊時真本以為是湘雲。）正歎他人命不長，那知自己歸來喪！（誰？什麼？）訓有方，保不定日後作強梁；（誰？高鶚大概以為是薛蟠。）擇膏粱，誰承望流落在煙花巷。（我以為是巧姐。）因嫌紗帽小，致使鎖枷槓；（誰？什麼？）昨憐破襖寒，今嫌紫蟒長。（我以為是賈蘭。）亂哄哄你才唱罷我登場，反認他鄉是故鄉。甚荒唐，到頭來都是為他人作嫁衣裳！（《紅樓夢辨》中卷）

一九二七年的甲戌本於《好了歌》一無批註，對《歌注》卻批之彌詳：

> 陋室空堂，當年笏滿床。衰草枯楊，曾為歌舞場。蛛絲兒結滿雕梁，綠紗今又糊在蓬窗上。說什麼脂正濃粉正香，（A0149【◎甲戌側】寶釵、湘雲一干人。）如何兩鬢又成霜。昨日黃土隴頭送白骨，今宵紅燈帳底臥鴛鴦。金滿箱，銀滿箱，展眼乞丐人皆謗。（A0153【◎甲戌側】甄玉、寶玉一干人。）正歎他人命不長，那知自己歸來喪。訓有方，保不定日後做強梁。（A0155【◎甲戌側】言父母死後之日。柳湘蓮一干人。A0156【◎甲戌眉】一段兒女死後無憑，生前空為籌畫，計算癡心不了。）擇膏粱，誰承望流落在煙花巷。因嫌紗帽小，致

使鎖枷扛。（A0157【◎甲戌側】賈赦、雨村一干人。）昨憐破襖寒，今嫌紫蟒長。（A0158【◎甲戌側】賈蘭、賈菌一干人。）亂烘烘，你方唱罷我登場，反認他鄉是故鄉。

甲戌本批語是俞先生「一泛指一專指」說的產物，幾乎把他的「盲揣」，一一落實了。「昨嫌破襖寒，今嫌紫蟒長」句下批「賈蘭、賈菌一干人」，也是俞平伯意見的重複。其它幾條，亦是針對俞先生的問「誰？」，多是膠葛不通的廢話空話。「兩鬢成霜」下注「黛玉、晴雯一干人」，黛玉應早逝，晴雯已命亡，何能成白髮老嫗？吳世昌先生認為「這些批語乃自作聰明的妄人所加」（《紅樓探源》，頁540），實質上也是為俞先生的疑問作答的贗品。

特別值得一提的是，俞平伯先生對於自己的「未卜先知」，卻並不過於興奮。一九三一年六月十九日在〈脂硯齋評《石頭記》殘本跋〉中說：「第十三回（頁三）於寶玉聞秦氏之死，有夾評曰，『寶玉早已看定可繼家務事者可卿也，今聞死了，大失所望，急火攻心，焉得不有此血，為玉一歎。』此不但違反上述之觀點，且與全書之說寶玉亦屬乖謬」（《俞平伯論紅樓夢》，頁357），採取了審慎的態度。到了晚年，他更深刻地反思「命」作者刪去「秦可卿淫喪天香樓」之說：「謂秦可卿有一長可取，故其人可赦，其事可刪，我們依然不大明。魂託鳳姐，即使她說的句句都是好話，但算不算她說的呢？依第十三回敘述來看，怕不能算在可卿的賬上；一定要算，也當算在鳳姐的賬上。如用常識來讀《紅樓夢》，『夢是心頭想』，只不過是鳳姐兒夢見秦氏罷了。若解釋鳳姐夢見她，即秦氏之魂冉冉而來，這真是客觀唯心論。」他又說道：「畸笏所持（刪去）之理由固奇矣，其尤不可解者，他命令芹溪（刪去），芹溪居然受命。豈非雪芹也承認這樣似不成理由的理由麼。究竟是怎麼一回事？有人真說過這樣的話嗎？

還是有人夢見她說？」十分明顯，像這種「不成理由的理由」，偉大作家曹雪芹是不可能「居然受命」。俞先生總結道：

> 這裏又表現出所謂「脂評」的一大毛病。錯誤的「自傳」說，以發見「脂本」而火上加油。實際上，「脂評」就是自傳之說的。這在《紅樓夢》是始終還沒有好好解決的問題……真人真事與書中人、事的混淆，自來談《紅樓夢》在未發見「脂評」前即已如此，及見「脂評」，似乎更得到了援助……我們不反對，也不必懷疑，書中一切，其人、其事、其地都有些藍本（即所謂模特兒），但藝術的真實和歷史的真實畢竟是應該有距離的，否則無所謂創造。若把二者混淆，甚至於等同，則將使人迷途而引他們走向自傳說的歧途。「脂評」便是個始作俑者——當然包括這畸笏老頭兒。（〈記毛國瑤所見靖應藏本《紅樓夢》〉，《文匯讀書周報》，2001 年 4 月）

五　脂本炮製過程揭秘

俞平伯先生「有許多極關緊要之評，卻也有全沒相干的」的話，最值得尋味。從「證實」新紅學假設之需要看，本來只要那十幾條「極關緊要之評」就夠了。但堂堂一本《脂硯齋重評石頭記》，僅有光禿禿的十幾條批語，難免被人識破真相，難售其奸。最好的辦法，是讓它們淹沒在批語群中，不露痕跡。這時，與程甲本唱反調的有正本，正好適應了炮製者的需要：

首先，有正本《石頭記》是八十回的殘本，而且是唯一在版本自身（封面、扉頁）標榜「原本」的本子；

其次，有正本有大量貶低程甲本的批語，並第一個提出批語是作者自撰的觀點。如第三回回前總批云:「我為你持戒,我為你吃齋,我為你百行百計不舒懷,我為你淚眼愁眉難解。無人處,自疑猜,生怕那慧性靈心偷改。」眉批云:「此評非詞非曲,或為作者自撰,亦未可知。」

由此可見,新紅學關於《紅樓夢》版本的兩大基石(原本僅八十回;原本就是有批語的,部分批語為作者自撰),早在一九一一年就已由狄葆賢奠定了。有了這些合乎需要的現成材料,只要稍加處理就可以應市了。檢點起來,為了盡快炮製出大量批語,脂硯齋採用了下列幾種辦法:

一、直接抄錄有正本上的批語。甲戌本脂批總數一五八七條,四九五條據有正本抄錄,百分之三十一點一九的數量就一下子解決了。俞平伯先生指出的「往往於鈔寫時將墨筆先留一段空白,預備填入朱批」,「誤字甚多」,「有文字雖不誤而鈔錯位置的」的現象,也就有了最合理的解釋。

二、順著有正本批語的路子加以發揮:如嘲諷「今本」的路子,暗示「後來結局」的路子,等等。

三、採用最簡單的批量生產方式,如頻頻地稱「妙」道「好」,且「歎」且「哭」之類,即所謂「余批重出」者也。

有了這三個辦法,大量「全沒相干」批語,就快速製造出來了。

不過,狄葆賢與脂硯齋畢竟有本質的不同:他不需要、或未想到要與曹雪芹搭上關係,脂硯齋就完全不同了。為了「證實」胡適的自傳說,他必須以「深知擬書底裏」者自居,在他「新創」的批語中,就有了主觀感情的肆意渲泄。於是種漏洞和破綻,就是從這裏產生了。

作為一種投入,炮製者總要考慮成本,使其與產出成相襯的比例。批語固然不能太少,太少了不成氣候,不像樣子;但又害怕太多,太多了耗費力氣,得不償失。周汝昌先生說過:「撰編《石頭記》過程中，原是要搞得周全堂皇些，有個氣象局勢，故於回前特設總批，連著標題詩，鄭重其事。可是，回前總批（如頭兩回所示）須有很強的概括能力，總論情節內容和文筆脈絡等大端要義，不是容易事，而標題詩更難精彩得體，——弄了一陣子，折騰了幾番之後，也只搞成零零落落斷斷續續，總不能齊全美備。於是，最後下決心，不再搞回前總批了。」（《紅樓夢真貌》，華藝出版社，1998 年，頁 105）要將批語弄得「齊全美備」，不僅要有「概括能力」，還要有充裕的時間。甲戌本雖僅有十六回，脂批總數即達一五八七條，平均九十九點一八條；若將八十回全本統統加批，共需撰寫七九三四條批語，這樣巨大的數目，是會把人嚇回去的。

為此，甲戌本想到了一個極聰明的對策：炮製殘本。張之洞《輶語・語學編》說：「善本之義有三：一、足本（無闕卷、未刪削）；二、精本（精校、精注）；三、舊本（舊刻、舊抄）。」善本的要義，首先是完整，甲戌本根本談不上；第二是精校，甲戌本也根本談不上；但它卻取了「舊抄」的巧，又將其與殘本統一起來。在版本史上，製造殘本曾是最好的作偽手段。如明錢塘王慎修刊《三遂平妖傳》二十回，題「東原羅貫中編次」，恰是將羅貫中原本《平妖傳》四十回砍削而成的。此舉既節縮了篇幅，又冒充了古本，實屬一箭雙雕。甲戌本的「製殘」，既加快了速度，又節省了精力，實乃最明智的做法。

論者早已注意到，甲戌本四卷一冊的裝訂，是胡適先生親自動手的，誰也不曾見過它原本的題簽和卷次。第一冊為第一至四回、第二冊為第五至八回，這是小說的開頭部分，又加進了許多「極關緊要」之批，自然不能或缺；第三冊為什麼一下就跳到第十三至十六回呢？因為其中寫到了秦可卿之死。俞平伯先生在一九二二年就說過：「本書寫秦氏之死，最為隱曲，最可疑惑，須得細細解析一下方才明白；

若沒有這層解析工夫，第十三至第十五回書便很不容易讀。」（《俞平伯論紅樓夢辨》，頁 264）又說：「第十三，十四，十五三回書，最多怪事，我以前很讀不通，現在卻豁然了。」（《俞平伯論紅樓夢辨》，頁 270）故要添加「秦可卿淫喪天香樓」的批語，當然也缺不得；第四冊為什麼又跳到第二十五至二十八回？那是為了讓關於「南巡」的批語找到生發之地。總之，為了印證「新紅學」的假設，這幾回是萬萬不可缺少的；而反轉來看，為了印證「新紅學」的似，有這幾回其實也就足夠了。這就是甲戌本脂批全部秘密之所在。

關於甲戌本面世的細節，現在已經很難追溯明白。魏紹昌先生《紅樓夢版本小考・談亞東本》有一條小注云：「又承汪原放見告，胡適曾要羅爾綱（羅爾綱早年在北大求學時代，寄住在北京胡宅，做過胡適的秘書工作）手抄過一部《石頭記》殘稿本，用毛邊紙墨筆書寫、批註用筆過錄，外裝一紙匣，封面題簽由胡適自書《石頭記》三字。後來胡適存放在亞東圖書館，已在文革運動中抄失。此抄本根據的究竟是什麼版本，有多少回，汪原放回憶不起來了。一九五四年汪原放且曾借給我看過，當時未多加注意，現在也記不清楚了。此抄本或者就是殘存十六回的『甲戌本』，也未可知。姑志於此，待向羅爾綱先生請教。」（頁 34）魏紹昌先生說此本子一九五四年汪原放且曾借給他看過，可見不是被胡適帶到美國的本子；但不能排除他當年確曾要羅爾綱抄錄副本的可能。

不想人苦不知足，有人又想炮製更多的脂本以壯聲勢，而不知「言多必失」的道理。現在有的研究者愛將十幾種脂本「捆綁」起來，以為可以相互呼應，相互扶持，好像是威力強大的集束炸彈，殊不知有時毛病恰恰就出在這裏。

由於胡適說過：「因為我宣傳了脂硯甲戌如何重要，愛收小說雜書的董康、王克敏、陶湘諸位先生方才注意到向來沒人注意的《脂硯齋重評本石頭記》一類的鈔本。大約在民國二十年，叔魯就向我談及他的一位親戚家裏有一部脂硯齋評本《紅樓夢》。直到民國二十二年我才見到那八冊書。」（《胡適紅樓夢研究論述全編》，頁 321）他的宣傳刺戟了書賈的熱情，效尤者紛起，己卯本、庚辰本等相繼問世。徐星曙一九三二年於隆福寺購得庚辰本，「八冊完整，如未甚觸手，並非是一部為眾人傳閱已久、弄得十分敝舊破爛的情形」（周汝昌：《異本紀聞》），證明它是新抄的本子。

庚辰本批語的路數，也是為了「證實」胡適的假設，並對甲戌本進行補充。如為坐實曹寅之事，G2012【庚辰夾】批道：「按：『四下』乃寅正初刻。『寅』此樣法，避諱也。」胡適一九三三年撰《跋乾隆庚辰本〈脂硯齋重評石頭記〉鈔本》回應道：

> 雪芹是曹寅的孫子，所以避諱『寅』字。此注各本皆已刪去，賴有此本獨存，使我們知道此書作者確是曹寅的孫子。（此注大概也是自注；因已託名脂硯齋，故注文不妨填諱字了。）
>
> （《胡適紅樓夢研究論述全編》，頁 203）

庚辰本又有關於「南巡接駕」的幾條批語：

G0333【◎庚辰側】：「又要瞞人。」
G0339【◎庚辰側】：「點正題正文。」
G0341【◎庚辰側】：「真有是事，經過見過。」

胡適一九三三年回應道：「這更可證實我的假設了。甄家在江南，即是三代在南京做織造時的曹家；賈家即是小說裏假託在京城的曹家。《紅樓夢》寫的故事的背景即是曹家，這南巡接駕的回憶是一個鐵證，因為當時沒有別的私家曾做過這樣的豪舉。」（《胡適紅樓夢研究論述全編》，頁 203）至於 G0090【◎庚辰眉】：「『樹倒猢猻散』之語，今猶在耳，屈指卅五年矣。傷哉，寧不痛殺」、G1206【●庚辰夾】：「所謂『樹倒猢猻散』是也」兩條，胡適只說了一句：「此本也有松齋、梅溪兩條朱批，也有『樹倒猢猻散』一條朱批。」（《胡適紅樓夢研究論述全編》，頁 204）對於 G1749【◎庚辰眉】「大海飲酒，西堂產九臺靈芝日也」一條，也許太瑣碎了一點，胡適居然沒有留意。

胡適一九二一年關於紅玉的假設，庚辰本也注意到了，且有兩條批語加以證實：

> G0904【◎庚辰眉】：「茜雪至獄神廟方呈正文。襲人正文標昌『花襲人有始有終』。余只見有一次謄清時，與獄神廟慰寶玉等五六稿，被借閱者迷失，歎歎。丁亥夏，畸笏叟。」
> G1493【●庚辰眉】：「獄神廟回有茜雪紅玉一大迴文字，惜迷失無稿。歎歎。丁亥夏，畸笏叟。」

胡適一九三三年回應道：「此本的批語，除甲戌本及戚本所有各條之外，還有一些新材料。」又說：

> 此諸條可見在遺失之殘稿裏有這些事：
> （甲）茜雪與小紅在獄神廟一回有「慰寶玉」的事。
> （乙）殘稿有「花襲人有始有終」一回的正文。
> （丙）殘稿中有「抄沒」的事。（《胡適紅樓夢研究論述全編》，頁 205）

只是胡適完全忘記了，它們不僅不是什麼「新材料」，而且恰是受他的影響編造出來的。庚辰本還有「超越」甲戌本之處，即注意到「證實」胡適另一個極小的假設：

> 一九二一年胡適的假設：「賈蓉又說又笑，向賈珍道：『果真那府裏窮了。前兒我聽見二嬸娘（鳳姐）和鴛鴦悄悄商議，要偷老太太的東西去當銀子呢。』借當的事又見於第七十二回，……因為《紅樓夢》是曹雪芹『將真事隱去』的自敘，故他不怕瑣碎，再三再四的描寫他家由富貴變成貧窮的情形。」（《胡適紅樓夢研究論述全編》，頁 107）
>
> 一九三三年脂硯齋的「證明」：G2141【●庚辰夾】：「奇文神文，豈世人余相得出者。前文云一想子若私是拿出，賈母其睡夢中之人矣。蓋此等事作者曾經，批者曾經，實係一寫往是，非特造出，故弄新筆，究竟不記不神也。鴛鴦借物一回，於此便結樂。」

對鴛鴦借當之事的「證實」，也許是太細小了，也許是胡適太忙了，脂硯齋縱然心細如，他竟絲毫沒有注意，這是定會讓脂硯齋遺憾的。

庚辰本不僅要「證實」胡適一九二一年的假設，還想「證實」胡適一九二八年看到脂本後的假設。還是用胡適自己的話來表述罷：

> 我從前曾說脂硯齋是「同雪芹很親近的，同雪芹弟兄都很相熟；我並且疑心他是雪芹同族的親屬」。我又說，「脂硯齋大概是雪芹的嫡堂弟兄或從堂弟兄，——也許是曹蘇或曹的兒子。松齋似是他的表字，脂硯齋是他的別號。」現在我看了此本，

> 我相信脂硯齋即是那位愛吃胭脂的寶玉，即是曹雪芹自己。」
> 此本第二十二回記寶釵生日，鳳姐點戲，上有朱批云：
> 鳳姐點戲，脂硯執筆事，今知者聊聊（寥）矣。不怨夫！（末句大概當作「寧不悲夫」！）
> 此下又另行批云：
> 前批書（似是「知」字之誤）者聊聊，（寥）今丁亥夏，只剩朽物一枚，寧不痛乎！
> 丁亥（一七六七）的批語凡二十六條，其中二十四條皆署名「畸笏」，此二條大概也是畸笏批的。鳳姐不識字，故點戲時須別人執筆；本回雖不曾明說是寶玉執筆，而寶玉的資格最合。所以這兩條批語使我們可以推測脂硯齋即是《紅樓夢》的主人，也即是他的作者曹雪芹。（《胡適紅樓夢研究論述全編》，頁 200）

從總的方面估量，庚辰本「極關緊要」之批數量很少，「品質」上也趕不上甲戌本。偏偏又忙中出錯，露出破綻，幫了倒忙。如關於秦可卿的批語就是一大失誤，而胡適不僅沒有發覺，卻讚賞道：

> 關於秦可卿之死，甲戌本的批語記載最明白。此本也有松齋、梅溪兩條朱批，也有「樹倒猢猻散」一條朱批，但無「秦可卿淫喪天香樓」一條總評。此本十三回末有朱筆總評云：
> 通回將可卿如何死故隱去，是大發慈悲心也。歎歎。壬午春。
> 此條與甲戌本的總評正相印證。（《胡適紅樓夢研究論述全編》，頁 204）

其實，甲戌本說命雪芹「刪去」了寫「卿淫喪天香樓」的四五頁，而 G0140【◎庚辰回後】卻說「通回將可卿如何死故隱去」，後來的「脂硯齋」，竟把自己原先的功勞抹殺了。

與此相類的，還有關於接駕的說法的矛盾。且將庚辰本有關的一組批語抄錄於後：

1. 「說起當年太祖皇帝訪舜巡的故事，比一部書還熱鬧。」G0331【◎庚辰側】:「既知舜巡而又說熱鬧，此婦人女子口頭也。」
2. 「我偏沒造化趕上。」G0332【◎庚辰側】:「不用忙，往後看。」
3. 「只預備接駕一次。」G0333【◎庚辰側】:「又要瞞人。」
4. 「鳳姐忙接道。」G0334【●庚辰夾】:「『忙』字妙。上文『說起來』必未，粗心看去，則說疑闕，殊不知正傳神處。
5. 「凡有的外國人來，都是我們家養活。」G0335【●庚辰夾】:「點出阿鳳所有外國奇玩等物。」
6. 「如今還有個口號兒呢，說『東海少了白玉床，來請江南王』」。G0336【◎庚辰側】:「應前葫蘆案。」
7. 「還有如今現在江南的甄家。」G0337【●庚辰夾】:「甄家正是大關鍵、大節且，勿作泛泛口頭語看。」
8. 「噯喲喲。」G0338【◎庚辰側】:「口氣如聞。」
9. 「獨他家接駕四次。」G0339【◎庚辰側】:「點正題正文。」
10. 「別講銀子成了土泥。」G0340【◎庚辰側】:「極力一寫，非誇也，可想而知。」
11. 「『罪過可惜』四字竟顧不得了。」G0341【◎庚辰側】:「真有是事，經過見過。」

12.「常聽見我們太爺們這樣說，豈有不信的。」G0342【◎庚辰側】:「對證。」

13.「也不過是使著皇帝家的銀子往皇帝身上使罷了。」G0343【◎庚辰側】:「是不忘本之言。」

14.「誰家有那些錢買這個虛熱鬧去？」G0344【●庚辰夾】:「最要緊語。人苦不自知，能作是語者，吾未嘗見。」

G0337【●庚辰夾】把「大節目」抄成「大節且」，還算是小事；它丟失了 A1203【●甲戌回前】「借省親事寫南巡，出脫心中多少憶惜感今」之批，則是嚴重的「瀆職」。最可笑的是，G0344【●庚辰夾】抄錄了有正本「能作是語者，吾未嘗見」的批語，卻又自作聰明地批下 G0341【◎庚辰側】:「真有是事，經過見過」，甚至要用「常聽見我們太爺們這樣說，豈有不信的」來「對證」。

庚辰本最最愚蠢的行為，是在「咱們家也要預備接咱們大小姐了」旁，加了一條：

G0328【◎庚辰側】文忠公之嬤。(圖 6-7)

加這條批語的目的，是想拉一個權威人士來「作證」。「文公忠」是謚號，乾隆時謚文忠的大臣只有傅恒。據《清史稿》卷三〇一《傅恒傳》，傅恒，字春和，富察氏，滿洲鑲黃旗人，乾隆孝賢純皇后親弟。乾隆十年命在軍機行走，十二年擢戶部尚書，十三年加太子太保，三十四年七月卒，謚文忠。脂硯齋既稱其謚號，此批只能寫於乾隆三十四年（1778）七月以後。《紅樓夢》之寫傅恒家事說，誠如蔡義江先生所言：「他們一開始就落入了『迷津』，於是以為寫順治皇帝和董小宛愛情故事、納蘭明珠家事、金陵張侯家事、和珅家事、傅恒家事、宮闈秘事等主張紛紛提出，不一而足，在這方面他們還真引了不少史料，作過一番站不住腳的考據。」(《蔡義江論紅樓夢》，頁158）「文忠公之嬤」的意思，是說趙嬤嬤的原型為傅恒的乳母。既然有如此來頭，誰能不信？脂硯齋忘記在《紅樓夢》中，趙嬤嬤是賈璉的乳母，而傅恒與《紅樓夢》的關係，早在《批本隨園詩話》卷二中就說到了：「乾隆五十五、六年間，見有鈔本《紅樓夢》一書，或云指明珠家，或云指傅恒家。書中內有皇后，外有王妃，則指忠勇公家為近是。」《紅樓夢》中只有寶玉姊姊封為貴妃，如果說「文忠公之嬤」，就應該是李嬤嬤。胡適一九五九年在《談〈紅樓夢〉作者的背景》中說：「《紅樓夢》裏有一段話講到從前有一個李嬤嬤講的，從前太祖高皇帝南巡，到南方去巡視的時候，我們家裏曾經招待過皇帝，接駕一次。」(《胡適紅樓夢研究論述全編》，頁 260）他雖有記憶的錯誤，卻是很有道理的。當年舒敦說《紅樓夢》寫的是傅恒家事，在他的體系裏是很自然的；脂硯齋想用傅恒來為曹家接駕之事作證，真是一個愚蠢的念頭。他忘記自己是以曹寅家事為基準的，無意中偏離了軌道，遂引起了內在的衝突。

己卯本、庚辰本用以取勝的一著，是利用讀者求全求多心理，在篇幅上由十六回擴充到三十八回、七十八回，並試圖在批語的數量上超過甲戌本。但這位「脂硯齋」顯然沒有狄葆賢當年的條件，他不能拿重金聘請「著名批評家」來幫忙，而只能動用「蒸鍋鋪」的下層人士為之效勞。「蒸鍋鋪本」之說為周紹良先生所首創，他曾經指甲戌本是「蒸鍋鋪本」：

> 所謂「蒸鍋鋪」者，是清代北京地方一種賣饅頭的鋪子，專為早市人而設，淩晨開肆，近午而歇，其餘時間，則由鋪中夥計抄租小說唱本。其人略能抄錄，但又不通文理，抄書時多半依

> 樣葫蘆，所以書中會「開口先云」變成「開口失云」，「癩頭和尚」變成「獺頭和尚」。(〈讀劉銓福原藏殘本《脂硯齋重評石頭記》散記〉)

承孟兆臣先生提供民國二十四年（1935）七月十二日北平《實事白話報》「舊京回顧錄」仗馬所寫《蒸鍋鋪》一文，使我們得以窺見蒸鍋鋪的情形：

> 這個買賣，在早年極其平常，及至國體改革，不曉得甚麼原故，竟自完全消滅，如今賣蝕饅頭的鋪子，雖照舊存在，而純粹正式的蒸鍋鋪，只怕找不出來了，該鋪之所以異於人者，計有數點。第一，所掛的，幌子，為木質象形之溙餅，或圓或方，或八角六角，穿成一大串，最末飾以艾葉，懸之簷前，如今大街小巷，看不見這類幌子了。第二，自要承認為蒸鍋鋪，便須出賣包子皮，住戶自己拌餡子，令其製造各種發麵餅餌，須要應工會做，到了正二月，須出賣春捲皮子。第三，蒸鍋鋪若是開在城內，軒有食樓子，以應住戶之需要，皆因內城的風俗，辦白事放焰口，最講究施食餑餑（正名曰食，用以賑濟餓鬼），蒸鍋鋪的夥友，須擅長捏江米麵人，以為食樓子之點綴，樓子木質，形如方塔，分為三級五級，最高處安置面餅（即食），其餘各，為安放麵人之所，其書怪誕離奇，為社會所不經見，故爾他窗戶上面，用紅綠紙裁成條子，標示各種書名，類如走鼓棉、臨潼斗寶、二仙傳道、五聖朝天，賃者先付抵押品，而後才能拿書去看。總而言之，其一切設備，全迎合的是古人之心理，與新潮概不相容。如今不論內外城，即便再有這路買賣，只怕也沒有光顧了，方脯溙餅等類，那兒有銀絲卷兒好吃。

其實，甲戌本語書寫較為工整，前後朱批皆出一人之手，並不如周紹良先生所說的樣子。倒是己卯本、庚辰本更像一些。我曾以為「蒸鍋鋪本」云云只是他的推測，自從北師大藏《脂硯齋重評石頭記》出現後，知道庚辰本曾經在周紹良先生處收藏過，北師大藏本的批語就是他所加時，我方明白「蒸鍋鋪本」的生產方式，就是他親眼目睹到的事情。比較起來，甲戌本畢竟有五、六年的時間，加之又是僅十六回的殘本，可以從容進行，版本的版式、行款、字體、批註等，大致還像個樣子。後起者就沒有這樣的便利了。為了搶速度，只得將整書拆開，分頭趕抄，匆匆裝訂，遺下不少格式上的毛病，如卷之幾的問題，不分回的問題，空字的問題；其批語之所以出現這麼多「罅漏」，原因在「蒸鍋鋪本」的不相通氣與不負責任。

庚辰本炮製者的自作聰明，還表現在頻頻地添加紀年。從抬高「原本」身價計，炮製比甲戌本更「早」的「初評石頭記」，本應更有市場效應，無奈這條路子早被胡適堵死了。他說過這樣的話：「這個脂硯齋甲戌本的重要性就是：在此本發見之前，我們還不知道《紅樓夢》的『原本』是什麼樣子；自從此本發見之後，我們方才有一個認識《紅樓夢》『原本』的標準，方才知道怎樣訪尋那種本子。」（《胡適紅樓夢研究論述全編》，頁 318）胡適制定的「標準」是：「《紅樓夢》的最初底本就是有評注的」，且必定題著「脂硯齋重評石頭記」！既然不會有「初評」，炮製者只能在「重評」上打主意。為了顯示後來者的價值，不得不借「披閱十載，增刪五次」的話頭，由「甲戌」的「再評」到「己卯冬月」、「庚辰秋月的「四閱評過」。庚辰本甚至將甲戌本上沒有記年之批，也分別署上「己卯冬」、「丁亥夏」；而庚辰本上署「己卯」的批語，在己卯本上反而找不到。庚辰本全部記年之批，都集中在第十二回至第二十八回，其它各回就一條也沒有了。紀年的虛假性，從下列例句中即可見其一斑：

1. 「秦鍾跑來便按著親嘴。」G0249【◎庚辰眉】:「實表姦淫尼庵之事如此。壬午季春。」
2. 「將智慧抱到炕上。」G0250【◎庚辰側】:「此處寫小小風波事,亦在人意外。誰知為小秦伏線,大有根處。」
3. 「又不好叫的。」G0251【◎庚辰側】:「還是不肯叫。」
4. 「二人不知是誰,唬的不敢動一動。只聽那人嗤的一聲,掌不住笑了。」G0252【◎庚辰側】請掩卷細思此刻形景,真可噴飯。歷來風月文字可有如此趣味者。」
5. 「羞的智慧趁黑地跑了。」G0253【◎庚辰眉】若曆寫完,則不是《石頭記》文字了。壬午季春。」

姑不論其趣味之低級,單說寫這幾條平平的批語,區區幾分鐘即可了事。第一條 G0249【◎庚辰眉】寫於壬午季春,第五條 G0253【◎庚辰眉】也寫於壬午季春;那麼第二、三、四條 G0250【◎庚辰側】、G0251【◎庚辰側】、G0252【◎庚辰側】又寫於何時呢?請掩卷細思:若它們亦寫於「壬午季春」,則首尾二批的紀年豈非累贅?若非寫於「壬午季春」,又是寫於何時呢?作者一心思考的是如何將文章寫好、改好,或許今天在這裏添一句,或許明天在那裏刪一字,數易其稿、最後改定之後,至多在文末記上某年月日;而絕不會注明哪段寫於何月、哪句改於何日,因為那是既不可能、又無意義的事情。

第二十回是紀年最多、最複雜的一回,計有:

1. G0903【◎庚辰眉】:「特為乳母傳照,暗伏後文倚勢奶娘線脈,《石頭記》無閒文並虛字在此。壬午孟夏,畸笏老人。
2. G0904【◎庚辰眉】:「茜雪至獄神廟方呈正文。襲人正文標昌『花襲人有始有終』。余只見有一次謄清時，與獄神廟慰寶玉等五六稿，被借閱者迷失，歎歎。丁亥夏，畸笏叟。」

3. G0912【◎庚辰眉】:「一段特為怡紅襲人、晴雯、茜雪三之性情見識身份而寫。己卯冬夜。」
4. G0917【◎庚辰眉】:「麝月閒閒無語，令余酸鼻，正所謂對景傷情。丁亥夏，畸笏。」
5. G0927【◎庚辰眉】:「嬌憨滿紙，令人叫絕。壬午九月。」
6. G0931【◎庚辰眉】:「寫環兄先贏，亦是天生地設現成文字。己卯冬夜。」
7. G0941【◎庚辰眉】:「又用諱人語瞞著看官。己卯冬夜。」
8. G0947【◎庚辰眉】:「嫡嫡是彼親生，句句竟成正中貶，趙姨實難答言。至此方知題標用『彈』甚妥協。己卯冬夜。」
9. G0958【◎庚辰眉】:「『等著』二字大有神情。看官閉目熱思，方知趣味，非批書人謾擬也。己卯冬夜。
10. G0966【◎庚辰眉】:「明明寫湘雲來是正文，只用二三答言，反接寫玉、林小角口，又用寶釵岔開，仍不了局。再用千句柔言，百般溫態，正在情完未完之時，湘雲突在，『諺嬌音』之文才見，真已費弄有家私之筆也。丁亥夏，畸笏叟。」
11. G0970【◎庚辰眉】:「此作者放筆寫，非褒釵貶顰也。己卯冬夜。」

請看，第一句、第五句批於壬午，第二句、第四句、第十句批於丁亥，第三句、第六句、第七句、第八句、第九句、第十一句批於己卯，如此「插花式」的紀年，脂硯齋其人的思緒方式，真有點近乎「意識流」了。

庚辰本的炮製者對用干支紀年，頗有不放心的地方；不知是自己心中不踏實，還是恐怕別人看不懂，弄到最後，竟忍不住跑出來亮了一條 G2173【●庚辰回前】:「乾隆二十一年五月初七日對清，缺中秋詩，俟雪芹。乾隆二十一年。」這是三部脂本中唯一寫出年號的批語。作偽者的心理耐受力不強，便往往會幫自己的倒忙。

最要命的是：甲戌本是「脂硯齋專利」的擁有者，他深知卷端已題「脂硯齋重評石頭記」，全部批語的著作權理應歸己有；庚辰本的炮製者冒用的是人家的商標，自作聰明的狡黠與不托底的惶惑交織在一起。就像住房的非法佔有者領不到產權證，在門窗牆壁上塗寫自己的大名一樣，他老是擔心人家懷疑的眼光，總忍不住要時時嚷嚷：「我叫脂硯齋！」於是在不該署名的地方署上「脂硯」、「脂研」，甚至「指研」；後來又多出來一個畸笏叟，居然又有了不同筆跡、不同墨色的批語！

庚辰本是「脂硯齋」不饜足心理釀成的苦果。他想把版本的篇幅擴大，把批語增多，把脂硯齋的牌子叫響，他的「雄心」卻將甲戌本開創的業績毀了，徹底地毀了。炮製庚辰本的難度比甲戌本要大得多。全本七十八回，若以甲戌本平均九十九點一八條計，共需撰寫七七三六條批語；如此大的投入，對庚辰本來說是難以辦到的。它的解決方法也是抄錄有正本，計抄得九二一條，占批語總數的百分之三十九點七一。但與七七三六條的總量相比，仍然是個小頭。炮製者不捨得耗費氣力，便冒然作出一個決定：將前十一回批語全部空缺，竟變成「一清如水」的狀態。這樣一來，馬腳就徹底暴露了。庚辰本既號為「四閱評過」的「定本」，理應比「重評」的甲戌本更成熟，更完善；但甲戌本前八回多得密不透風的批語，到庚辰本中全部失落了。涉及雪芹生平家世的「極關緊要」之批，如「壬午除夕，書未成，芹為淚盡而逝」等，都消失得無影無蹤了。趙岡先生說：「有一點要特別著重提出。這一點是十分明顯和簡單，但竟然被許多研究者所忽略，故不得不在此一提。那就是一旦有了一個新定本，它便取代了舊的定本。所有的新批都是寫在新定本上的，而不是寫在舊定本上。因為舊定本已經『作廢』。也因此，新定本上有以往所有各年累積下來的批語，但舊定本上則沒有被新定本取代後各年的批語。」(《紅樓夢新探》，頁 72-73）庚辰本既然讓甲戌本處於「作廢」狀態，豈非對脂硯齋自己業績的全盤否定？

需要順便一提的是，有些抄本如夢稿本、蒙古王府本、列藏本等，亦被看作「脂本系統」的本子，其批語亦被看作「脂批」。其實只要指出一點就夠了：這些本子有些批語雖與脂批相近，但絕對沒有一條「極關緊要」之批。它們與脂本沒有真正的關聯，其批語多半是與有正本相通的。

且以夢稿本為例。此本第一回、第七回有少量批語，多與有正本批語相近。如第一回五條夾批：

1. 「於大荒山。」【夾批】:「荒唐也。」(與有正本同)
2. 「無稽崖。」【夾批】:「無稽也。」(與有正本同)
3. 「煉成逕經十二丈。」【夾批】:「應十二釵。」(有正本作「照應十二釵。」)
4. 「方逕廿四丈。」【夾批】:「照應副十二釵。」(與有正本同)
5. 「媧皇氏只用了三萬六千五百塊。」【夾批】:「合周天之數。」(與有正本同)

有紅學家說，《紅樓夢》早期抄本「都帶有脂硯齋的評語」，是排印時被程偉元高鶚刪去了。夢稿本卻提供了完全相反的信息：上述三至五條批語，抄好後又被圈去，說明抄手不懂得書主的本意是要製造白文的「原稿本」，故據底本抄錄了少量批語，誤抄後又忘記將其全部刪去。

第六回頁四第十一至十二行，在「劉姥姥只聽見咯咯的響聲，大有似乎打籮櫃篩麵的一般」後加批道：「批：小家氣象，不免東張西望。」後又乙去。第七十回頁三柳絮詞「任他隨聚隨分」下，有批語云：「人事無常，原不必戚戚也。」後又抹去。這些批語為諸抄本所無，亦頗受紅學家的關注，以為是別本「脫抄」的脂批。其實，小說向被當作「閒書」，誰都可以隨便修改加批。這些都是抄手自作聰明添上，旋為主持者發現而乙去，根本不值一提。類似的情形在舒序本中也有過。舒元煒序云：「董園子偕弟澹遊方隨計吏之暇，憩紹衣之堂，……筠圃主人瞿然謂客曰：「客亦知升沉顯晦之緣、離合悲歡之故，有如是書也夫？吾悟矣，二子其為我贊成之可矣。』於是搖毫擲簡，口誦手批。」明明說此書之批語出舒氏弟兄二人之手。此本第六回「周瑞家的又問板兒」，有側批云：「周家的如何認得是板兒」，就是舒氏的「作品」。有的研究者一發現有「異文」，就以為一定有「版本」的依據；請問，即使你找到了「依據」，那「依據」的「依據」又是什麼呢？

不過，換一個角度，夢稿本的「無價值」，恰是它《紅樓夢》版本研究的價值所在：

第一，夢稿本正文的底本（或曰「未經修改的文字」），確與現存的諸多脂本相近。問題是：既然有那麼多的「脂本」早就在世上流傳，並且獲得了極高的評價，為什麼竟沒有一種脂本被刊印出來呢？答案只能是：這些「脂本型」的抄本，實際上是在大體相近的時間裏炮製出來的。有正本石印於宣統三年（1911）和民國元年（1912）；其收藏者張開模生於道光二十九年（1849），卒於光緒三十四年

（1908）；楊繼振自述重訂夢稿本在光緒十五年（如果他所言不虛），正是張開模的年代。此本第二回第 1 頁抄有唯一的回前總批，試與有正本作一比對：

> 此回亦非正文本旨，只在冷子興一人，即冷口【有正本作「中」】出熱、無中生有也。其演說榮國府一篇者，蓋因族大人多，若從作者筆下一一敘出，盡一二回不能得明，則成何文字？故借用冷字【有正本作「子」】一人，略出其大半，使閱者心中，已有一榮府隱隱在心，然後用黛玉、寶釵等兩三次皴染，則耀然於心中眼中矣。此即畫家三染法也。未寫榮府正人，先寫外戚，是由遠及近，由小至大也。若使先敘出榮府，然後一一敘及外戚，又至朋友【有正本「至朋友」前多「一一」二字】，至奴僕，其死板拮据之筆，豈作十二釵人手中之物也？今先寫外戚者，正是寫榮國一府【有正本多一「也」字】。故又怕閒文贅累，開筆即寫賈夫人已【有正本作「一」】死，使黛玉入榮府之速也。通靈寶玉於士隱夢中一出，今又於子興口中一出，閱者已洞然【有正本作「豁然」】矣。然後於黛玉、寶玉【有正作「寶釵」】二人目中極精細一描，則是鎖合【有正本作「文章鎖合」】處。不肯一筆直下【有正多一「蓋」字】，有若放閘之水，燃信的炮竹【有正本作「之爆」】，使其精華一泄而無餘也。究竟以【有正本作「此」】玉原應出自釵、黛目中，方有照應。今預從子興口中說實，雖寫而卻未寫。觀其後文可知，此一回則是虛敲旁擊之文，則是反逆隱曲之筆。詩曰：一局輸贏料不真，香消茶盡尚逡巡。欲知目下興衰兆，須問傍觀冷眼人。

抄手誤將有正本回前總批抄入，後來發現是弄錯了，又以「「」「」」號統統刪去。看其將「冷中出熱」誤為「冷口出熱」，「冷子一人」誤為「冷字一人」，「閱者豁然」誤為「閱者洞然」，甚至將「寶釵」誤為「寶玉」，足以證明是據有正本過錄的。

夢稿本第七回有七條批語，皆與有正本批語有關：

1. 「同丫環鶯兒正描花樣子呢。」【批】：「一幅繡窗士女圖，虧想得到。」（有正本作「虧想得周到」）
2. 「不知是那里弄來的。」【批】：「卿不知從那里弄了來，余則深知是從放春山採來，以愁海水（有正本作「灌愁水」）和成，煩廣寒玉兔搗碎，在大虛（有正本作「太虛」）幻境寶靈殿（有正本作「空靈殿」）上炮製配合者也。」
3. 「用十二分黃柏煎湯送下。」【批】：「末用黃柏更加（有正本作「妙」）。可知甘苦二字，不獨十二釵，世皆有同者。」
4. 「現就埋在梨花樹下。」【批】：「梨香二字有著落，並未白白虛說。」（有正本作「虛虛白設」）
5. 「只不過喘嗽些，吃一丸也就好些了。」【批】：「以花為藥，可是吃煙火人想得出者。觀此諸公且不必論（有正本作「問」）其事之有無，只據此新奇（有正本作「新意」）之（有正本作「妙」）文悅我等心目，便當浮一大白（有正作「浮三白讀之」）。」
6. 「到好個模樣兒，竟有些像咱們東府裏蓉大奶奶的品格兒。」【批】：「一擊兩鳴法。二人之美，可（有正本無「可」字）並可知矣。再忽然想到秦可卿，何奇幻（有正作「靈妙」）之極。假使說像賈府中所有之人，則死板之至，故遠遠以可卿之貌為詈（有正本作「譬」），似極扯淡，然卻是（有正本作「那是」）天下必有之情事。」

7.「香菱聽問，搖頭說，記不得了。」【批】:「傷痛之極，必亦如此收住，妨好（有正本作「方妙」)。不然，則又作出香菱思鄉一段文字來。」

夢稿本將「太虛幻境空靈殿」誤作「大虛幻境寶靈殿」,「虛虛白設」誤作「白白虛說」,「以可卿之貌為警」誤作「以可卿之貌為罾」,甚至將「更妙」誤作「更加」,「方妙」誤作「妨好」,都是此本出有正本之後的證據。

第二，夢稿本偶而抄入有正本的批語而又立即加以刪除，正好證明「原本」是有批的觀念原先是沒有的。而脂本中極關緊要的批語，也都因獲得檢驗的參照係而失去真實性。試想，如果楊繼振真的看到如此重要的批語，「懂得」了鑒定《紅樓夢》「原本」的標準，豈不要將「紅樓夢稿」改作「石頭記稿」，將「蘭墅閱過」改作「雪芹閱過」，將「蘭墅太史手定紅樓夢稿」改作「芹溪居士手定石頭記稿」了麼？

至於蒙府本的批語，亦多從有正本抄錄。如第二十六回「林姑娘生的弱，時常他吃藥，你就和他要些來吃，也是一樣。」【有正夾】作:「閒言中敘出黛玉之弱，草蛇灰線。」G1478【●庚辰夾】作:「閒言中敘出代玉之弱，草蛇灰線。」【蒙府夾】作:「閒言中敘出黛玉之弱，章蛇灰線。」從格式上更可看出其中的底細。如第二十五回:「卻恨面前有一株海棠花遮著，看不真切。」【有正夾】批道:「余所謂此書之妙，皆從詩詞句中泛出者，皆係此等筆墨也。試問觀者，此非『隔花人遠天涯近』乎？可知上幾回非余妄擬。」有正本是雙行夾批，分作兩行書寫：

余所謂此書
之妙皆從詩

詞句中翻出者皆係此等筆墨也試問觀者此
非隔花人遠天涯近乎可知上幾回非余妄擬（圖 6-8）

而【蒙府夾】則變成了：

余所謂此書詞句中翻出身
之妙皆從詩非隔花人遠天

皆係此等筆墨也試門觀者此
涯近乎可知上幾回非余妄擬（圖 6-9）

連起來讀，變成「余所謂此書詞句中翻出身之妙皆從詩非隔花人遠天皆係此等筆墨也試門觀者此涯近乎可知上幾回非余妄擬」，扞捂不通，幾不成句。原來，蒙府本該行正文下的空格與有正本不同，卻機械地照套其格式，成板塊地挪移，便錯得莫名其妙了。同回「急的又把趙姨娘數落一頓。」【有正夾】作一行：

總是為緊五鬼一迴文字（圖 6-10）
【蒙府夾】又變成兩行：
總
鬼
是為緊五
一迴文字（圖 6-11）

連起來讀，變成「總鬼是為緊五一迴文字」了。致誤之由，皆以抄錄者智商太低之故。第二十七回「滴翠亭楊妃戲彩蝶，埋香冢飛燕泣殘紅」，蒙府本僅有七條側批，而庚辰本的批語多達八十九條，若蒙府本抄手得見庚辰本，是不應將那麼多的「重要」批語置之不理的。至於蒙府本多出的批語，林冠夫先生早已指出：「府本多出大量其它脂本均所未見的行間側批。這些側批，看來相當晚出，或係某藏書家所加，並非確切意義的脂批。」(〈論《石頭記》王府本與戚序本〉,《文藝研究》, 1979 年第 2 期）對於這種版本，要從中尋找曹雪芹原稿的「痕跡」，或者視作脂硯齋的「同道」，簡直是緣木求魚。在本書撰寫中，我已將蒙府本批語全部輸入電腦，且準備以《蒙府本批語總匯》為備考，後發見其實在無甚價值，遂毅然刪去，毫不可惜。

第二節　「還原」脂硯齋

一　被「創造」的脂硯齋

本書已近尾聲，忽然想到一個也許不是問題的問題：所有關於脂硯齋的「常識」，是脂硯齋自己告訴我們的嗎？不是。脂硯齋從來沒有說過他是曹雪芹，是雪芹舅父，是畸笏叟，是曹，是曹幼弟，是曹蘇遺腹子，是曹頫子，是曹碩，是史湘雲，是雪芹新婦，或是這些輩份懸殊、男女有別的人們的總和。脂硯齋倒是說過一句「脂齋之批，亦有脂齋取樂處」（A0178【◎甲戌眉】）的真話。「取樂」者，「尋開心」之謂也；「歎歎」也罷，「呵呵」也罷，都是「逗你玩」、當不得真的。細細一想，確實是這麼個理：脂硯齋說他是曹雪芹親人，胡亂寫些批語來「證實」點什麼，或許是要逗大眾一樂一笑。周汝昌先生不是忽發奇想，為渴望能見芹詩而不可得的「異想」與「假慰」之計，一九七〇年九月戲著「倒補」了雪芹佚詩嗎：

唾壺崩剝慨當慷，荻月楓江滿畫堂。

紅粉真堪傳栩栩，淥尊那靳感茫茫。
西軒鼓板心猶壯，北浦琵琶韻未荒。
白傅詩靈應喜甚，定教蠻素鬼排場。

他說：「我作此戲補詩，未欲示人。時吳恩裕先生在幹校，常常惠劄相念，亦不忘研芹之事。他說見了雪芹的著作，有自序與董邦達序，但不肯錄示。我疑其不真，乃戲言：我有雪芹詩，咱們交換吧。他果然抄來二『序』，我一看是偽作，便將戲補詩抄與了他」，目的是「想考驗一下他的識力，假稱是雪芹之原句忽然發現」。不料被陳毓羆先生抄去，公開發表了。（《天・地・人・我》，北京十月文藝出版社，2001 年 9 月，頁 254-257）於是產生了一場「真詩」、「假詩」之爭。這場戲為「代擬」「佚詩」之事，不是比脂硯齋更「出格」麼？誰要是「認」了「真」，上了當，是不能要脂硯齋承擔法律責任的。

那麼，人們心中的「脂硯齋形象」是怎樣形成的呢？現代科學告訴我們，觀察者觀察物體得到的視覺印象，有相當部分依賴於他過去的經驗、他的知識與他的期望。人人相信脂硯齋的存在，人人心目中的脂硯齋卻大不一樣；因為那「脂硯齋」很大程度上是各人主觀經驗的投影，甚至是他們主觀精神的「創造」。

先說胡適先生罷。他雖說是洋博士，北京大學名教授，但並沒有拿到什麼國家級的專案，領到什麼豐厚的基金。一九二一年的北京，正處在北洋軍閥統治之下，連蔡元培之出任北大校長，國民黨內也有人說他有「依附軍閥」之嫌。那一年春天，教育經費沒有著落，北京國立學校為索薪包圍教育當局，正在無期的罷課之中，蔡元培甚至主張教職員以辭職表示抗議。胡適即在此時草成《紅樓夢考證》，既沒有人為之奔走（顧頡剛校讀與代查資料，是初稿完成後的事），也沒有人代為抄錄（《考證》是他一個字一個字用毛筆寫下來的）。胡適對脂硯齋猜來猜去，先說「他大概是雪芹的嫡堂弟兄或從堂弟兄，——也許是曹蘇或曹的兒子」(《胡適紅樓夢研究論述全編》，頁 164)，後說「我們可以推測脂硯齋即是《紅樓夢》的主人，也即是他的作者曹雪芹」(《胡適紅樓夢研究論述全編》，頁 200)，直到他去世前，又說「脂硯齋則可能是曹雪芹的太太或朋友」(《胡適紅樓夢研究論述全編》，頁 257)。猜了四十年，始終在曹雪芹及周圍人打圈圈，他是絕不會有脂硯齋是「寫作班子」的意念的。

周汝昌先生對脂硯齋有獨特的見解，他從脂硯齋「與雪芹有了這樣不即不離，似一似二的微妙的關係」出發，認為「只有此人如果是一個女性，一切才能講得通」(《紅樓夢新證》，頁 858-860)，遂判斷脂硯齋是史湘雲。胡適一九六二年「脂硯齋則可能是曹雪芹的太太或朋友」的說法，可能就受了他的影響。直到近年，周汝昌先生還不無自豪地在〈脂硯即湘雲〉中說：

> 平生在紅學上，自覺最為得意而且最重要的一項考證就是本節所標的這個題目的內涵。
>
> 這種考證，與其說是靠學識，不如說憑悟性。
>
> 雪芹原書「定型」的本子，是《脂硯齋重評石頭記》，正文之外，回前回後，眉上行側，文句夾寫雙行小字，有數以千計的「評語」，這是我們傳統款式。「批」是欣賞、感觸、評論、講解等多方面的「讀書小劄」的性質(與今日之所謂「批評」、「批判」無涉)。
>
> 第一個念頭是：雪芹如此高人，生前歷盡辛酸百味，「滴淚為墨，研血成字」，幸而成編，他會同意一個什麼樣的人為他的心血文字作批，而且定本是正文與批語「同步」、「齊位」的高度珍重呢？其人又如何對雪芹之為人、之境遇、之心情、之義

旨……一切了解那般親切清楚？有人說他是雪芹自作自批；有人說是雪芹的「舅舅」；有人說是「兄弟」；有人說是「叔叔」……

這都是揣測、猜度，並無實據，所舉理由也很稚弱甚至滑稽。

我的考證又從何入手呢？我先被兩條批語打動了心弦：書剛一開頭，說絳珠草思報灌溉之恩，而無可為報，遂擬以淚為酬，固有「還淚」之說——於此即有一條眉批說：「余亦知還淚之意，但不能說得出。」我們需要思悟了：還淚是女兒的幽思與至感，若是男子，焉能有此意念？這像是一位女子在隨讀隨批。稍後，另有一批尤為重要：……壬午除夕，書未成，芹為淚盡而逝，余嘗〔常〕哭芹，淚亦待盡。……惟願造化主，再出一芹一脂，是書何本〔何幸？合本？〕，余二人亦大快遂心於九泉矣。我每每驚訝感歎：如此驚心動魄的語意口吻，有些人竟十分鈍覺，讀下出什麼，或且提出「舅舅」、「叔叔」等怪論——不禁詫問：舅舅叔叔「老長輩」們，能說出「一芹一脂」的話嗎？芹字單稱，何等親密！「余二人」，何等至近的關係！怎麼成了對一個「外甥」、「侄子」的「還淚」情緣呢？！這些「紅學專家」們的「讀書體會」與「考證邏輯」怎麼到得這般境界？大奇，大奇！奇事莫過於此了吧？

我就以此二批為大前提，作出一個假設——

批書人是位女子，而且她與雪芹的關係似乎是夫妻親愛之誼，非同一般泛泛——更非普通的後世的「讀者」與「作者」的關係。

我的假設能成立嗎？

女性批者，由很多佐證步步顯明了，如「鳳姐點戲，脂硯執筆——今知者聊聊〔寥寥〕，悲夫！」這一條批，就是是女子無疑——因那是賈母內院給寶釵過生日，在席的皆是內眷，而人數不多，黛、釵、湘三個都在。

由此就引發了第二大要點，此女批家是書中何人的「化身」或「原型」？這可要緊之極！

既然這位批書人是女子而且與雪芹關係至親至密——而且又是書中人物之重要一名，那麼，她該是誰呢？答案的尋求要分三層次。

黛、釵二人，在曹雪芹原著中皆不壽早亡，能悼芹者只有一個可能，即是湘雲。一也。

十多條記載證明：原著中結局是寶玉與湘雲歷經劫難，復得重逢，結為夫婦——正相吻合。二也。批語中獨於賈母談到幼時家中也有一個如藕香榭的竹閣，曾失足落水……即便批註云：「在此書以前，已似早有一部《十二釵》的一般了，余則將它補出，豈不又添一部新書！……」這話大有意趣——賈母幼時即史家姑娘，為史家舊事前塵而補寫一部如同《石頭記》、《金陵十二釵》式的書，除了史家的姑娘史湘雲，還有哪個會萌生此想呢？湘雲後來詩社中取號「枕霞舊友」，就是說賈母幼時史家有此閣名叫「枕霞閣」的緣故。三也。

……

這就又是考證獲得成績的一個不可忽視的特例。這種考證，只靠死讀書、形式邏輯、書本明證……那種常規方式是無濟於事的。比如脂硯晚期又化名「畸笏」，是二是一，也須先弄清楚；再如不少人見了「因命芹溪刪去」一語中的「命」字，便以為此乃「長輩」口氣，云云，卻不悟雪芹書中的「命」字，絕非「命令」的死義，而只是「使」、「讓」、「叫」、「教」等口語之泛用義而已（如門子「不命」知府發簽；如鳳姐「不命」

賈璉進來等文，此等「命」字何嘗與「長輩」有任何關係」）——好了。以例為證，可見「考證」不「可怕」，也不「可厭」，不是洪水猛獸，它的功用是廣泛而巨大的，把考證批臭是個很嚴重的錯事，可惜可憾。說到根兒上，悟性識力也不過是一義的分說罷了。比如，《石頭記》原本中幾首七律詩，都至關重要，有兩首的兩處對句——

一云：

茜紗公子情何限，脂硯先生恨幾多。

又云：

謾言紅袖啼痕重，更有情癡抱恨長。

此二聯皆是一男一女之對舉並題，而由此互證，即知寶玉與雪芹（主人公與作者）是不可分的，脂硯與女性批書人也與書中女主角人物是不可分的。詩句說得已經是金針度人，需人自解了。

詩曰：

個中紅袖掩啼巾，還淚奇情此一聞。

痛語更求重造化，商量脂硯到湘雲。

（〈脂硯即湘雲〉，《天・地・人・我》，頁 185-190）

文章寫得才情並茂，卻猜不透他的意念從何發端。頃讀新書《紅樓家世》，見扉頁上有周汝昌先生與其夫人毛淑仁女士賞論詩句書法的照片（攝於 1998 年），並有題辭曰：

賢妻名淑仁，姓毛氏。素喜書法。我每寫字幅，她皆能評定，得出優劣，不失毫釐。這幅照片是她與我品評字幅時的情景。淑不僅內助辛勞，病時還為我鈔錄資料，以解我目壞難讀小字之困。今她已逝，將照片附印書中，感我傷悼之懷，並賦詩紀念。

詩云：

慧眼能分漢晉唐

一枝湘管悟鋒芒

新書不及親開卷

夢裏猶同觀墨香

周汝昌謹識二〇〇二年十月

在本書後記中，周先生又寫道：

在老妻病危之時還要坐下草寫這些史蹟陳言，也非全不近情，因為：我平生得文飽食安坐，靜氣專神地做點兒學問，全是她照顧協作之力。此中包含著她的心意和勞作。我所謂悲喜相兼者，那悲就正在於此處。再追記本書是一部學術論集，積纍成編，在我年寫作中多得賢妻淑仁之助，因條件不佳，辛勞備至，其功不可泯沒。今值此書付梓之際，她卻病逝，已不能眼見此書的新貌，念此傷痛於衷，附以數言，以為紀念。

便恍然大悟了。周汝昌先生自稱「書呆子」，是「不承認夢幻虛實的死硬腦筋，在佛家看來就叫做『癡人』，執著人生，癡迷不悟——不覺不醒」（《天・地・人・我》，頁 4）的人。他從未做過官，沒有掌握過任何權力；在他的經驗之中，他只可能想像脂硯齋是雪芹的賢內助。

不同時代，有不同的紅學。脂硯齋形象的進一步「完善」，實源於人們「文革」期間的寫作組，乃至後來電視連續劇創作班子的經驗。

李國文先生有〈上當的紅學家〉一文，將這種體驗寫得淋漓盡致：

> 曹雪芹在香山腳下寫《紅樓夢》，那時，中國的文學理論家，或文學批評家，尚未形成隊伍，不成氣候，即使有所著述，多屬個體行為。所以，我不相信紅學家們的妄想，似乎在曹雪芹身邊，有一個類似團體性質的硯脂齋，構成某種批評家群體，在指導著他的創作。
>
> 按時下紅學家們的演義，這個脂評家集團，人數應該有七八個人或者更多一些的樣子，有男有女，有老有少，如果曹雪芹有義務要管他們飯的話，這一桌食客真夠他一嗆。
>
> 也許我們這班小角色，需要指導；而且也有人樂於指導，生怕我們沒有指導，會產生缺氧的高原反應而休克，所以，這一輩子，指導員的諄諄教誨，不絕於耳，真是一種很「幸福」的痛苦，也是一種很「痛苦」的幸福。但曹雪芹，這位文學史上真正的大師，還需要別人告訴他怎麼寫和寫什麼嗎？那真是豈有此理之事。如果他也像芸芸眾生的我輩，一天到晚，向各種身份的指導員，其中不乏這類不三不四的文學理論家，文學批評家，鞠躬致敬，諾諾連聲，他還是個大師嗎？
>
> 這種原本虛妄，逐漸坐實的附會，無論紅學家們怎樣自圓其說，也是對一代大師的褻瀆。脂硯齋，是胡適從魔瓶中釋放出來的怪物，竟成不可收拾之勢，這位始作俑者，恐怕也是估算不到的。自打他弄出一部來歷不明的「甲戌本」，據那些閃爍其詞，蛛絲馬蹟的脂評，發潛闡幽，倡「自敘傳」說，樹新紅學門派，鬧騰到不但紅學，連曹學，脂學，都成了一門顯學。於是，按市場決定商品的供求關係，手抄本紛紛出籠，脂硯齋層出不窮。

形勢大好，而且越來越好，這樣，紅學家有事好幹，有話好說，有飯好吃，有錢好賺，皆大歡喜。看來，按國人喜歡起哄架秧子的習性，和製造假冒偽劣產品方面的才氣，估計，二十一世紀也消停不了，說不定從哪座舊王府的夾壁牆裏，找到全部曹雪芹親筆繕寫的真本《紅樓夢》，是不必奇怪的事。但願我能活到那一天，看到某些無聊紅學家達到的這個作偽高峰。紅學家應該給脂硯齋請功，他創造了多少就業機會，他給《紅樓夢》一書的發行，增添多少效益。假如曹雪芹能夠收取版稅，脂評諸公有理由要求分成，二八，或者三七，不算多。

胡適雖然敢於「大膽的假設」，認為評者與作者可能有著某種關係，但並未確證，只是心存疑竇而已。而他的門徒，門徒的門徒，牽強附會，弄假成真的能力，遠勝於胡。積五十年的鼓吹，加之這一時期中國社會中「人有多大膽，地有多大產」的狂悖心理的影響，言之鑿鑿，神乎其神，最後造成這樣的假象，好像這班人都進入了《紅樓夢》的寫作班子，好像那個叫作曹雪芹的「菜鳥」，是在他們的幫助下，才一字一句，一筆一劃，完成了這部不朽之作。連絕頂聰明的作家張愛玲，也一時糊塗起來，「近人竟有認為此書是集體創作的」，看來，她也被此說迷惑了。

這才是埋葬大師最惡毒的手法。

文句不通，白字連篇，蟻附於《紅樓夢》的書眉和正文夾縫之中，眼淚鼻涕，濫情不已，假戲真做，撲朔迷離，只言片字，望風撲影，裝瘋賣傻，若有其事，極具欺騙性的脂硯齋，剔不走，摳不掉，還拿他真沒辦法。正如盲翁陳寅恪氏治史的名言那樣，證明其無，要比證明其有，更難。所以在紅學家久而久之煞有介事下，大家也就將信就疑地認可脂硯齋與曹雪芹的聯繫。

其實，這是極其荒謬的假設。

……

我一直認為脂硯齋像魯迅文章中提過的一位闊少，讀《紅樓夢》太深，陷入角色不能自拔，便到四馬路的會樂裏，清末民初，那是上海灘的紅燈區，發出七八張堂會局票，然後，黃包車拉來一群花枝招展的姑娘，鶯鶯燕燕地圍住了他，便派定自己是寶哥哥那樣的自作多情，才生出那麼多的感喟吧？有的紅學家竟拾俞平伯的餘唾，認為這位大濫情的脂評主角，非小說中人史湘雲莫屬。如果真是這樣，《紅樓夢》豈不是曹雪芹和他太太開的夫妻店裏的產品？

這類滑稽透頂的笑話，都是以今人行事的準則，去度量古人的結果。只有在市場經濟，追求鈔票的大背景下，才有可能出現妻子寫出了名，先生也搭起了順風車；兒子成了神童，老爹也跟著老王賣瓜的抓錢一族。曹雪芹沒落，但並不墮落，他可以賒酒，但絕不揩油。古人也有小人，曹還不至於是，就衝他的一部原稿輒轉借走傳抄，弄得七零八落的這樣輕信於朋友，可見他君子風，大於小人氣。如果，他有一位紅袖添香夜著書的夫人，果然是那位心直口快的史湘雲，為他當家作主，不但借閱困難，傳抄就更無可能，那麼，全書原璧留存後世，豈不使紅學家無事可幹，無文可寫，等著下崗嗎？

如果按紅學家之見，脂硯齋是曹雪芹寫《紅樓夢》的高參，那豈不是有點像別林斯基主持《祖國紀事》時，他和他周圍作家那樣的關係了嗎？即或真的如此，別林斯基不會坐著驛車，從彼得堡趕往烏克蘭，到果戈理的家鄉大索羅慶踩村，不識相地介入其寫作過程之中。但今天的紅學家，偏要把脂硯齋一夥，裝進麵包車，拉到香山腳下的黃葉村（其實那也是一個紅學偽作），與曹雪芹一起寫這部不朽之作。

我不知道紅學家，是有意識迴避，還是完全茫然這個屬於常識性的問題，真正的文學作品，其創作過程是極其個性化，私秘化的。曹雪芹在寫《紅樓夢》的過程中，不可能有一個全天候包圍著他的脂硯齋集團，按紅學家的想像，曹寫出一回，脂集團輪流傳閱一過，予以點評，曹再進行改寫，是一條流水作業線。這想法的形成，實屬不可思議，但細想想，紅學家也非憑空而來，是根據生活經驗，是有所本的。

時下電視連續劇的編劇方式，不就是這樣工廠化生產的嘛！我的一位年青文學朋友，被一個劇組從西安請來，住在豐臺某機關招待所。那五層樓全被劇組包了下來。一樓是編故事的，二樓是寫本子的，他在三樓，是寫人物對話的，四樓還有一個車間，是將他的臺詞，再改寫成京片子那種油嘴滑舌的土話，因為那是一出寫老北京的電視劇。

我開玩笑地問他，五樓可有畸笏叟在，他說，有人送稿件來，有人取稿件走。上家是誰，下家是誰，都很懵懂，很有一點地下工作的勁頭。不過，有時候，已寫好的某一集，又從一樓、二樓傳上來，重新改過。他說，也許五樓會有什麼脂硯齋之類的權威，如導演，如老闆，因為有時候能聞到雪茄和咖啡的香味，在那裏終審，自然有資格「命芹溪刪去」，這樣，樓下的他們就得返工。

聽到這裏，我為紅學家心目中的曹雪芹一哭。同時，我也想到，香山黃葉村那裏，在曹雪芹與脂硯齋中間穿針引線者，跑來跑去，腳都跑腫了的，當為史湘雲莫屬了，幸好張愛玲考證出來，大觀園裏那些女孩子，執行滿洲風俗，不纏足。雖然這位最後孤獨死在美國的女作家說：「紅樓夢是創作，不是自傳性小說」，但她並不特別反感「集體創作」說，令我納悶。後來，我終於悟到，她在美國新聞處打工的時候，也曾經當過寫作機器的。

胡適、俞平伯則不然，胡一號倡「自傳說」，認為小說的內容與作者個人的生活經歷有某種聯繫，但從未斷言字字有據，事事皆真，從未斷言《紅樓夢》即曹雪芹的家傳，可當信史來看的。而創史湘雲為脂硯齋說的俞二號，也始終未敢大言不慚他這判斷百分之百地準確。這兩位，固然是紅學家，其實更是文學家（這一點非常非常的重要），紅學家可以想當然，文學家則懂得作家的寫作，與照相館裏按快門的師傅，有著本質上的區別的。

很難想像在黃葉村伏案疾書的曹雪芹，身邊有脂硯齋這樣一個小艦隊的事實。為什麼當下的紅學家會如此確信不疑呢？我認為，這不是紅學家的錯。除了以上這種電視劇工廠化生產的啟發，半個世紀以來，當代文學中實行的抹煞個性的集體創作方式，也把紅學家們迷惑住了。

……

這都是集體創作害的，也害了紅學家，他們以為這種泯滅創作個性的做法，是理所應當的正確行徑，想當然曹雪芹也應該接受這樣的安排，作一個括弧裏的執筆者；想當然脂評集團的那七八個人，像電視連續劇草臺班子裏的編創人員，起策劃，創意，編劇，出點子的作用；固而也就想當然《紅樓夢》是曹雪芹和脂硯齋天衣無縫的合作成果。為什麼會出現這樣匪夷所思的念頭，歸根結底，紅學家是學問家，不是文學家，基本上不甚諳熟文學創作的規律，不甚了然形象思維是怎麼一回事。在此基礎上，曹大師墮落成為三樓四樓的普通寫作機器，而脂硯齋卻是在五樓上抽著雪茄，喝著咖啡，有權「命芹溪刪去」的主創人員。

> 幸好，五十年的文學實踐，集體創作的名聲，已經一蹶不振，在小說領域裏，尤其，有的合作者，最後弄得把目成仇，有的夫妻檔，最後索性各幹各的。看來，別的藝術門類也許能夠精誠團結進行創作，文學，大家很難坐在一張寫字臺上，而小說這一塊，恐怕更不能集體的。因此，很難想像在曹雪芹的寫字臺旁，坐著七八個爺們，還有一兩個娘們，在那裏評頭論足，說三道四。那時，既沒有雪茄，也沒有咖啡，光這些批評家的口臭，也早就把我們的大師熏死了。
>
> 據說，「文革」期間，樣板團在「旗手」江青「同志」的關照下，每人每天有一塊巴掌大的巧克力可吃，援比例，黃葉村裏的曹雪芹，更該愁腸百結，無以聊生了。一來沒有銀兩，二來無處可買，怎麼對付畸笏叟、棠村、梅溪、松齋、鑒堂、綺國、立松軒、左綿癡道人……這些死纏不放的脂評家，可真讓他苦惱透頂。
>
> 如果，曹雪芹倘建在，肯定會懇求紅學家，你們做做好事，開輛麵包車來，把這些批評家先生、女士從黃葉村拉走，哪兒涼快，就請他們到那兒涼快去吧！
>
> （《樓外談紅》，頁 286-295）

馮其庸先生說過：「據我的研究，凡屬早期抄本，其字跡一般不可能很整齊很夠水準，更不大可能由一個人端楷一抄到底，因為此書當時被目為『謗書』，不能公開拿來作商品，抄者大都為了自己收藏。為了免禍，一般都是自己秘密抄藏，所以參與的人總是較多。己卯、庚辰兩本的情況都是如此。」（《石頭記脂本研究》，頁 235）既然是為了「免禍」，抄寫《石頭記》又是為了秘密抄藏，參與的人原應越少越好，怎麼反而會「總是較多」呢？馮其庸先生有「寫作班子」的經驗，領導著紅樓夢研究所，組織過庚辰本與《脂硯齋重評石頭記匯校》等大型項目。以「脂硯齋為首」的「圈子」的觀念，就只能從他的體驗中產生。

那麼，眾多的人為什麼會「認同」這種對脂硯齋的創造呢？這就要從隨著時代的發展，紅學由個人愛好變成專門「學問」談起了。由專門家創造的「脂硯齋」，一舉成為紅學的 ABC，寫進了大學的文科教材，成為衡量真理的標準，情況就完全不同了。記得一九九五年秋天，我從南京落荒跑到福建，當了一次古代文學的監考。其中有一道填充題是：「新紅學的代表人物是□□、□□□。」一眼瞥去，多數學生都恭恭敬敬填上了胡適、俞平伯的大名。考試結束後，我問：胡適、俞平伯寫過什麼紅學著作？有三分之一的學生能說出答案；再問：你們讀過他們的紅學論著嗎？竟一個人也沒有。一九九六年夏天，我被省自考辦調去漳州擬古代小說的試題，四五天中挖空心思「設計」了六套試題，不料「驗收」時，一道「《紅樓夢》的版本有幾種類型？說出你自己的看法」，因為沒有「標準答案」，致使全部試題統統作廢。試想，靠背誦「標準答案」謀取分數的人，腦子裏會想到脂硯齋是否可靠的問題嗎？

而當紅學由「學問」變成「事業」以後，情況就越發不堪收拾了。紅學有了學會，有了學刊。學會要「部署」學科建設，學刊要審定稿件能否採用，都要制訂便於操作的規範與標準。學會的個別領導，甚至覺得神聖的紅學賦予他執行「邦規」、掃蕩「邪說」的權力。記得二〇〇一年天津古籍學術研討會上，山東大學的學者提到楊向奎先生的學術成就，聽說我曾和他們的老師一道被封為「邪說」的代表，居然立刻刮目相看起來，使我一時在精神上得到極大的滿足。對於個人來說，紅學成果可以申請職稱，可以申報獎項；對於單位來說，紅學成果可以作為申報基地的籌碼，申報博士點的資料……；總之，好處真是多得說也說不完。但那審查批准的最後權力，都掌握在紅學家或準紅學家手中，誰要想通過他們這一關，就必須遵從他們的ABC，而脂硯齋乃是這 ABC 中的 ABC。王枝忠先生一九九七年寫了一篇〈於無聲處聽驚雷——評歐陽健的兩部紅學辨偽專著〉，要在《福州大學學報》發表，不料我所在的學校聽說此事，擔心這會「刺激」掌權的紅學家，影響他們申報古典文學博士點的「大局」，便勸說他將發表時間幾乎推遲了一年。顧頡剛先生一九一九年一月十三日的日記談到漢代經師時寫道：「吾並不是好誹謗先賢，只是他們在中國學術界太有勢力了；他們自己的頭腦太可笑了；他們所做的事業太無道理了；崇拜他們的人也大可憐了；不得不揭穿他們的黑幕，教後來的人不要與他同化，昏憒糊塗的過了一輩子。」（轉引自《顧頡剛年譜》，頁 48-49）而當今「佞脂」之風，庶幾過之。請看周德儒先生的描述：

> 從一九二七年（甲戌本出世）算起，（脂硯齋）在紅學中已有七十多年統馭性影響，其間，一直被人尊為解釋《紅樓夢》「第一權威」，較之「金批《三國》」更勝一籌。
>
> 什麼叫「統馭性影響」呢？此處不妨略舉某些現象為例，不揣差強人意說來。
>
> 1. 紅學中凡為各類課題研討的學術性應論、張文、辨事、析理，言若不引脂批為據，這就很有可能被人斥為「冒牌紅學」，要嗎譏為「三流」以下「最低層次」的胡言亂語。
> 2. 在由新紅學派基本理論所支配的傳統觀念上，脂批是檢驗一切紅學觀點、見解、言論、著作能否站住腳根的標準。
> 3. 凡對原本複雜、含蓄的情節描寫，文字寄寓的隱喻、暗示、印象迷糊，理解分歧，疑而不決，最終必以脂批所指為解為斷。

4. 有關《紅樓夢》成書過程、問世途徑、著作權歸屬、以及原著 80 回後書情節等類課題研究的素據、取證，也要仰賴於脂批……

脂批在紅學中何以具有如此巨大而深刻的影響呢？推究其然，概而論之，我想原因總不外乎：

——它以評者身份化入書中自稱原型人物言無所拘之便，把書中賈府故事，同現實中曹雪芹家事緊相捏合起來，通對對故事情節點滴、片斷的詮釋，從宏觀上全面印證了新紅學派用來統馭紅學各類基本課題的「《紅樓》自傳說」，使人深信《紅樓夢》直接就是一部有史可稽的曹氏家族史。而「《紅樓夢》自傳說」在七十餘年間，又擁有一個包括老、中、青三類紅學愛好者相繼來歸的龐大群體。

——它的表述方式也很獨特，下筆多有富於透析文情寓意的「點睛掐竅」。在感情色彩上也極盡渲染，時而替書中人叫屈，而且代作意旨立言，巧設懸念，故織疑絲，變臉喜怒唏噓，籲天泣地，這些，也都頗能感惑人心，發為悲憫。

——它有一個數量多達三千九百餘條的龐大文字體系，條條都在針對作者的「擬書底裏」漫作「親歷其境」的「隱身旁白」。這些「旁白」雖多零碎散亂，語焉不精，但其作為書中故事取材與人物原型的貼切注解，確也能為賞析《紅樓》、研讀《紅樓》即興生風、立據助談，符合讀者獵奇心理，迪其「探佚」《考證》之趣。

大體上說，正是上述這些迷惑人心的表面特點，也才使得脂批在近代紅學史上以清初評點派中一支「別裁」之罕，借《紅樓夢》流行風靡的盛運贏得了自己的體面和光采。（〈「高山流水」說脂批〉，《紅樓》，2002 年第 3 期）

沈仁康先生也說：「『自傳說』最有力的支撐者，是脂硯齋（包括畸笏叟等等）的點評。這些點評，往往文詞不通，語言生澀，絕大多數沒有什麼價值。可是，有幾條和曹雪芹拉近乎的點評，卻迷倒了不少紅學家。他們把它奉為『經典』、圭臬、聖旨。把『紅學』變成了『脂硯齋學』。在有些紅學家那裏，出現了兩個『凡是』：凡是與脂硯齋觀點不合者都錯，凡是與脂硯齋提供的『史實』不符者都斥。嗚呼，哀哉！」（見為朱偉傑先生《俗讀紅樓夢》所作序，北京燕山出版社，1999 年）在普通讀者那裏，脂硯齋的權威也愈益強大。行文至此，打開「國學網」，讀到「紅樓亂彈」的兩條帖子，就充分證明了這點。一條是六樓的「新月」2003-1-1714：26：32 的發貼：

> 沒看過脂批的（看沒看懂、懂了多少暫且不論），簡直不敢說自己讀過紅樓。不過脂批的誤導確實不少，脂硯批書時隨心所欲的成分不少，因為她萬沒想到被後人如此精雕細琢地研究。

一條是八樓的「自在天」2003-1-1820：11：13 的發貼：

> 我喜歡脂評！只有脂評與紅的原文結合起來，才能體會到紅的快感！
> 說我反動也好，說我不通事物也好，在脂評的指導下欣賞紅樓夢，絕對是一種享受。
> 我還沒有功底將紅當成一種玄而又玄的作品，只是當成一件尚未完工的傑作，它未完成的部分，既是一種遺憾，也是脂評存在的肥沃土壤，沒有脂評，試問百年之後還有誰知道當時的諸般風月呢？
> 所以，脂評是欣賞紅樓夢必不可少的一部分，可以說這是由於紅本身的結構和創作階段造成的。

在下無意要求大家全看脂評，但是如果想從紅中看出另一番天地，脂評非看不可。

管窺愚見，有不同者歡迎指教！

誠然，「上當的紅學家」是有的；最可悲的，卻是上了當又不肯承認上當。吳世昌先生就是一位。當他撰文盛讚「雪芹佚詩」之際，周汝昌先生出來說明真相；造假的人已站在面前，卻仍要撰寫兩萬字的長文以證其「不偽」，甚至引阮瞻「即僕便是鬼」的話，斷言周汝昌「補」不出這樣的詩作來（《紅樓夢探源外編》，頁 336-361）。一九八二年夏，我在首都施耐庵文物史史料問題座談會上，曾耳聞吳世昌先生「辨偽容易認真難」之言，讚歎其為至論，後方知此乃一九七九年俞平伯先生就佚詩給他信中「認真比辨偽難，良信」（《紅樓夢探源外編》，頁 372）的復述，可見此事是如何令他刻骨銘心了。最最可議的是，明明知道自己上了當，還忍心讓信奉者繼續上當。猶如書畫鑒定家誤買了贗品，擔心公開認錯既要損失錢財，還會丟失面子，便撰寫文章吹噓此畫如何如何之真，以圖盡快出手一樣。這就不是「上當的紅學家」，而是「讓人上當的紅學家」了。周汝昌先生說，紅學界「其思想心態之保守與自封，遂很少出現真正的學術進展，意欲大家安於『現狀』，不必前進，不必學術『雙百』，只可一家作主，滿足於為一些瑣末而爭執糾纏，而不悟學術天下之公，不是為哪個個人服務的」（《還「紅學」以學——近百年紅學史之回顧》），是恰如其分的。

試想，在這種「佞脂」的大氣氛下，加之如周汝昌先生所說的脂本的複雜狀態：「現已發現的十來種抄本，文字又各各歧異——說得誇張一點兒吧，簡直是句句都有異文，甚者一句話，每本與每本都不全同，令你目迷五色，繞得人頭暈而莫所適從」（轉引自《蔡義江論紅樓夢》，頁 310），一般人便懷有如下的心態：不要去染指那麻煩的脂硯齋，一切讓紅學專家去處理，我們只要採用他們的現成結論就行了。如《中國文學批評通史》「脂硯齋評《紅樓夢》」節，有一條旁注云：

> 最近有人懷疑脂硯齋出於後人依託，見歐陽健《紅樓夢「兩大版本系統」說辨疑——兼論脂硯齋出於劉銓福之依託》，載《復旦學報》（社會科學版）一九九一年第五期。但這需要提供極為過硬的材料來說明問題，否則難以改變目前學術界普遍所持的看法。（頁 833）

不難看出，作者對「懷疑脂硯齋出於後人依託」之說，公開表示了不贊成的態度。這原也無可厚非。不過，作為學風謹嚴的學者，既已接收到相關的信號，而且就是從本校學報發出的，按理是應當稍稍留意，或對成說進行審慎的檢驗。可惜兩位作者沒有這樣做。也許他們太相信「目前學術界普遍所持的看法」了，以為只要遵從多數人的說法，大約也不會錯到哪裏去。由於採取了盲目從眾的做法，卒使自己陷入了進退失據的窘境。當年《復旦學報》為支持我的妄說，曾蒙受到很大的壓力，始終懷著沉重的愧疚之心；王運熙先生是我敬重的前輩，幾年前曾當面受教。正是出於這雙重的情感，我希望《中國文學批評通史》的作者能將污漬擦掉，將贅疣割去，使華麗繡服更加華麗，健美肌體更加健美，則小子幸甚。

二　掙脫夢魘，面向文學

「紅樓夢魘」是張愛玲先生的書名。她在這部論著的自序中說：「我寄了些考證紅樓夢的大綱給宋淇看，有些內容看上去很奇特。宋淇戲稱為 Nightnarein Red Chamber（紅樓夢魘），有時候隔些時就在信上問起『你的紅樓夢魘做得怎樣了？』我覺這題目非常好，而且也確是這情形——一種瘋狂。」（《張愛玲文集》增補卷，安徽文藝出版社，1994 年，頁 1）自序還生動描述了她的「夢魘」狀：

> 我看見我捧著厚厚一大冊的小字石印本坐在那熟悉的房間裏。「喂，是假的。」我伸手去碰碰那十來歲的人的肩膀。
>
> 這兩部書在我是一切的泉源，尤其紅樓夢。紅樓夢遺稿有「五六稿」被借閱者遺失，我一直恨不得坐時間機器飛了去，到那家人家去找出來搶回來。現在心平了些，因為多少滿足了一部分的好奇心。
>
> 收在這集子裏的，除了「三詳」通篇改寫過，此外一路寫下去，有些今是昨非的地方也沒去改正前文，因為視作長途探險，讀者有興致的話可以從頭起同走一遭。我不過是用最基本的邏輯，但是一層套一層，有時候也會把人繞糊塗了。我自己是頭昏為度，可以一擱一兩年之久。像迷宮，像拼圖遊戲，又像推理偵探小說。早本各各不同的結局又有「羅生門」的情趣。偶遇拂逆，事無大小，只要「詳」一會紅樓夢就好了。
>
> 我這人乏善足述，著重在「乏」字上，但是只要是真喜歡什麼，確實什麼都不管——也幸而我的興趣範圍不廣。在已經「去日苦多」的時候，十年的工夫就這樣擲了下去，不能不說是豪舉。正是：
>
> 十年一覺迷考據。
>
> 贏得紅樓夢魘名。（《張愛玲文集》增補卷，頁 4-5）

可以看出，張愛玲是以一種自我寬慰、甚至自我誇耀的心緒說這番話的。確實，讀《紅樓夢》不是為了文憑，不是為了職稱，而能進入「夢魘」的狀態，是一種精神，也是一種福分，應該表示敬意。

夢魘源於執著，也源於輕信。執著，源於對《紅樓》的強烈愛好，源於對真理的積極探索，無疑是值得稱道的美德；至於輕信，雖被馬克思說成「最可原諒的缺點」，但在商品經濟的大海裏，很可能釀成悲劇。唯此之故，「紅樓夢魘」又不應該受到表彰。

「紅樓夢魘」的主要特徵有二：一是對抄本的極端膜拜，一是對脂批的極端信賴。膜拜抄本的表現是：只要見到《紅樓夢》抄本，就一律看成「脂本」，看成作者的「稿本」，誠惶誠恐，恭謙無比；信賴脂批的表現是：只要見到「抄本」的批語，就一律看成「脂批」，句句是真理，一句頂一萬句。

《紅樓夢》究竟該有多少抄本，紅學家都有自己的計算方法。劉夢溪先生的算法是：

> 曹雪芹創作《紅樓夢》有「披閱十載、增刪五次」之說，假定每增刪一次便得一新的底本，則原始底本至少應有六個。經過脂硯齋或畸笏叟的整理、過錄、評注之後，又可以翻成幾倍。加上後來輾轉相抄、抄而又抄及各種刻本，就更多了。(《紅樓夢新論》，中國社會科學出版社，1982 年，頁 269)

張愛玲先生的算法是：

> 改寫二十多年之久，為了省抄工，不見得每次大改幾處就從頭重抄一份。當然是儘量利用手頭現有的抄本。而不同時期的早本已經傳了出去，書主跟著改，也不見得每次又都從頭重抄一份。所以各本內容新舊不一，不能因某回某處年代早晚判斷各

本的早晚。這不過是常識，但是我認為是我這本書的一個要點。此外也有些地方看似荒唐，令人難以置信，例如改寫常在回首或回末，因為一回本的線裝書，一頭一尾換一頁較便。寫作態度這樣輕率？但是縫釘稿本該是麝月名下的工作——襲人麝月都實有其人，後來作者身邊只剩下一個麝月——也可見他體恤人。(《張愛玲文集》增補卷，頁2)

趙岡先生的算法是：

甲戌本正文中有一句話:「至脂硯齋甲戌抄閱再評。」這表示脂硯的「抄」、「閱」、「評」三件工作是連在一起的。我們要問:「評」與「閱」當然是連在一起，但為什麼「抄」也連在一起？用手抄寫這部大書是很吃力的事，非有必要是不會輕易重新謄抄。脂硯一定不會因為要加幾條批語就要把全書重新清抄一下。他之所以要重抄，是因為雪芹改動了文稿內容。這整個的循環過程如下：
（一）雪芹改稿
（二）脂硯清抄新稿
（三）脂硯評閱新稿
雪芹一共增刪五次，脂硯也就評閱五次，這都不是偶合。最後一次的增刪與評閱都是在己卯年。該年初雪芹第五次也是最後一次增刪完畢。初冬，全書清抄竣工，是為「己卯冬月定本」，此本已經脂硯四次評閱。此底本弄好後，脂硯立即開始了第五次評閱，即「己卯冬夜」的眉批。
在這以前，當然還有幾箇舊的「定本」，也就是以往幾次增刪後清謄而得者。除了脂硯齋初評本以外，其它本子有一個統一的名稱，就是《脂硯齋重評石頭記》。在這個統一標題之下，再注明是那一年的定本。這個統一的名稱到雪芹脂硯相繼去世以後，曹家人還一直沿用它。（《紅樓夢新探》，頁 72）

自然，有人也會根據自己的經驗，不相信紅學家所描繪的「脂硯齋」。高陽先生就是一位。他寫有《我看紅樓》一文，針對蘇雪林先生據脂本指責《紅樓夢》「實在不通」、「別字之多，頗足叫人吃驚」、「造句欠自然」、「說話無輕重」，以及「拖泥帶水，黏皮連骨，很少有幾句話說得乾淨俐落的」，「是一些令人皺眉的『濫調』的詞語，是一篇令人作嘔的惡劄」，「是一個全身潰爛，膿血交流，見之令人格格作嘔癩病患苛」（《試看紅樓夢的真面目》，臺北市：文星書店，1967 年 3 月），指出那都是「同音異義的錯誤，不是抄錄的錯誤，而是聽人口述加以紀錄的錯誤」。他舉例說：

刊版刷印，需要財力支持，不是大藏書家或書商，不會如此；但如有人得一抄本，傳於親友之間，你也要借，他也要抄，使主人左右為難之時，就只有請諸親好友，屆期自備紙筆，聽候宣讀，各自筆記。記得我在空軍服務時，每遇校閱視察，上級轉頒有關訓令，一時不及複製分發時，就常幹這玩意。在這種情況之下，對抄手的能力是一大考驗，程度差的，「拭淚」誤「試淚」；「頌聖」誤「送聖」；「盤詰」誤「盤結」等等，都不算意外。有些口頭常用的字，聽得懂寫不出，便學「倉頡」造個新字湊上去；如果寫的速度趕不上聽的速度，就先空一句，回頭再補。至於蘇先生所舉「七十八回寶玉杜撰芙蓉誄」那段「奇文」，以及三十七回探春致寶玉一簡，在那些抄手，可能聞所未聞，自然更要紀錄得七顛八倒，不通之至。（《紅樓一家言》，三聯書店，2001 年，頁 23）

高陽先生不會相信「脂硯齋集體」，是可以想見的。

我之所以沒有盲從目迷五色的脂本，亦有多年研讀明清小說的經驗在起作用。尤其是一九八五至一九八九年間，為了編纂《中國通俗小說總目提要》，我和蕭相愷先生到全國五十多家圖書館訪書，接觸過包括木刻本、石印本、原稿本、手抄本等在內的大量小說版本。我也許是入藏後第一個在天津圖書館讀到《明月臺》稿本的人，又是在山東圖書館發現了《妝鈿鏟》乾隆丙子（1756）紅格稿本的第一人。《妝鈿鏟傳》四卷二十四回，題「崑崙道人著」、「松月道士批點」。首〈妝鈿鏟傳序〉，署「東皋野史謹識」；次〈妝鈿鏟傳序〉（自序），署「乾隆歲次丙子秋月道人書於銅山之迎門宮」；次批點者序，署「松月道士謹識」；次目錄；次「圈點辨異」，謂：「凡傳中有紅連點、紅連圈者，或因意加之，或因法加之，或因詞加之，皆非漫然，凡傳中旁邊用紅點者，則係一句，中間用紅點者，或係一頓，或係一讀，皆非漫然；凡傳中用黑圈圈者，皆係地名，用黑尖圈者，皆係人名，皆非漫然；凡傳中妝鈿鏟三字，用紅圈套黑圈，以其為題也，皆非漫然。」那書法，那圈點，文前有小引，書後有小贊及跋，在在表明的為作者之稿本。《明月臺》原稿本，題「煙水散人著」。內封正中書「明月臺」三字，右方書「咸豐六年六月」，左下方書「煙水散人著」。首「明月臺序」，題「咸豐六年初伏日洞庭東山煙水散人凝香翁桂著於蕭縣草野書軒之南窗下」。文中有雙行夾批與行間批語，書後有「明月臺批」；又有古徐癡生張仁渠、古蕭鋤月陳濬源、蕭邑鄭輔亭、南沙李德耀、古潤硯農氏、偶然主人、古徐守拙子韓超群、龍城雅縣朱文典、七十二峰散人，隱園陳亮、古蕭更生道人、妄愚道人、古蕭餐霞鄭錫齡、齊東野人祁文誤等題辭。那書法，那圈點，亦在在表明的為作者之稿本。《妝鈿鏟》、《明月臺》的價值遠不能與《紅樓夢》相比，其作者、批者，又是窮鄉僻壤的書生，沒有和上層人物如

「怡親王」交往的榮幸，但他們作品傳世的意識很強，從不像脂硯齋那樣藏頭露尾、閃爍其辭。憑藉閱讀小說稿本和抄本的直覺經驗告訴我：脂本絕對不是什麼原本，甚至也不是原本的過錄本。

除了接觸小說版本的經驗，童年的遊戲經歷也起了極大的作用。一九五一年秋，我在杭州兩崑小學讀六年級。地處西湖之濱竹竿巷的這所簡陋學校，卻有第一流的老師。班主任兼語文教師金慈舟先生，更是一位博學睿智的導師。杭州那時有一份很好的《新兒童報》，報社就在學校隔壁。充滿油墨香味的報紙上，經常刊登金老師的文章，全班同學都是最熱心的讀者。有一次金老師帶我們去玉皇山「遠足」，不幾天《新兒童報》上就刊出他的《玉皇山遊記》，語言之優美，描寫之細膩，令大家讚賞不已。記得就在那次遠足中，金老師組織大家做了一個遊戲：他把全體同學分成五組，每組八個人，以涼亭為中心沿山坡排隊四向散開，每人相距五步。金老師站在涼亭上，手裏拿著他新寫的文章，向每組第一位同學宣讀一句，要他快速跑向第二位同學轉述，第二位同學再跑向第三位，……一直傳遞到最後一位同學，由他記錄下來；然後，再傳送第二句、第三句，直到文章傳送完畢。各組的記錄稿送到金老師手裏，他便逐篇大聲朗讀，哪組記得最正確、最完整，就算勝利者。遊戲玩得真是開心極了：有人為了搶快，話也沒聽清就跑下去了；有人咬字不清，根本不明白說了什麼；有人邊跑邊笑，到時話也說不出來；記錄者遇到不會寫的字，只好用別字代替。當金老師朗讀各組「傑作」時，有的是離題萬里，有的是不知所云，更讓大家笑得前仰後合……

這件事情給我的印象，至今難以抹去。每當我看到紅學家細細對勘「句句都有異文，甚者一句話，每本與每本都不全同，令你目迷五色，繞得人頭暈而莫所適從」的抄本，執定這一句是以甲本為底本，那一句是以乙本為底本，此一句又是以丙本為底本，彼一句又是以丁本為底本……，最後得出結論：這個本子是由四個以上的底本拼湊起來；或者因為發現甲本與乙本某處有異文，便斷定它們不屬於一個體繫時，我便想起了金老師領我們做的遊戲。那遊戲的結果是：由金老師文章這個「底本」，就派生出了五個不同的「版本」；拿這五個版本橫向對比，它們之間的差異可以大到無法想像，然而又確確實實是從同一個底本出來的！一個最簡單的道理是：人在紙上寫字，並不一定非要照抄「底本」不可；尤其是沒有「著作權」的通俗小說，誰都可以在書上增添、刪節、修改，而絕對不需要負什麼責任。見到不論什麼抄本就肅然起敬，就頂禮膜拜，就認為它是作者的「草稿」、「原稿」，或與「草稿」、「原稿」定有什麼必然聯繫，就大錯特錯了。吳國柱先生說：

> 我認為「過錄本」這個概念，根本就是一個哄人的概念。胡適用這個虛空幻設的概念哄了我們整整六十年！試想：脂本「有十二三種之多」，一個不同一個，而且據說「都是過錄本」，那麼它們的「底本」也就應「有十二三種之多」！脂硯齋何其粗製濫造也！他「批」出一個「底本」就拿出來「拍賣」，讓人「過錄」；隔一年又「批」出一個「底本」拿出來「拍賣」，讓人「過錄」，竟然前後「拍賣」了「有十二三種之多」！這種怪事誰會相信？這很使人懷疑是否真有那麼些個「脂批底本」存在。再者，脂硯齋「乾隆甲戌」年「再評」的，是曹雪芹「披閱十載，增刪五次」的稿本；到己卯、庚辰年「四評」的，還是「披閱十載，增刪五次」的稿本，而不是「披閱二十載，增刪七八次」的稿本，這種怪事又有誰會相信？除非拿出「乾隆甲戌」、「乾隆己卯」和「乾隆庚辰」等年的那些「原稿本」來，否則我們豈能輕易憑空相信脂本是根據「乾隆甲

> 戌」、「乾隆己卯」和「乾隆庚辰」等年的曹雪芹「原稿本」「忠實過錄」的！（〈論「程前脂後」及其它〉，《紅樓》，1996年第4期）

胡適一九六一年給蘇雪林、高陽的信中，也承認脂本是「曹雪芹的殘稿的壞鈔本」，並說：「《水滸傳》在幾百年中經過了許多戲曲家與無數無名的平話家（說話人）的自由改造，自由改削；又在明朝的一兩百年中經過了好幾位第一流文人——汪道昆（百回本）、李贄（百回本）、楊定見（百二十回本）的仔細修改，最後又得到十七世紀文學怪傑金聖歎的大刪削與細修改，方可得到那部三百年人人愛賞的七十一回本《水滸傳》。」（《胡適紅樓夢研究論述全編》，頁294-295）既然《水滸傳》可以「自由改造」、「自由改削」，《紅樓夢》抄本的異文，為什麼就非得有底本依據呢？退一步說，即使你發現了異文的版本根據，那根據的根據又是什麼呢？

至於說到對脂批的信賴，更是缺乏法律意識的反映。任何執法者，都不會憑當事人自書的一紙白條，就責令對方歸還所謂的「欠債」；也不會憑當事人自述的一句豪言，就抹去他所犯的劣跡。「有用」與「有效」的界限，在執法者心中是區別得清清楚楚的。吳國柱先生說得好：

> 脂批並不是什麼「珍貴史料」，更沒有作證的資格。脂批之所以沒有作證的資格，除去批語出處不明、是歷經不同時代不同人士插手的大雜燴以外，主要就是脂硯齋其人的身份不明。俞平伯說，現在「人人談講脂硯齋，他是何人，我們首先就不知道」。對於身份不明的人，首先是審查其身份的問題，而不是請他出來作證的問題。長期以來人們為了弄清脂硯齋的身份，

> 作過各種想入非非的臆測，其結論都靠不住：原因非他，關鍵就在於用脂硯齋的批語來證明脂硯齋的身份，是不科學的。脂硯齋的批語，只是脂硯齋自報的一面之詞；他的批語是否可靠可信，需要證實。就像王朔說的「我是你爸爸」，你會相信？假如脂硯齋也說他是曹雪芹的「親爹」，我們相信麼？如要我們相信，就必須查出曹雪芹的「親爹」是「曹某」，並且有人有史料證實「曹某」曾化名「脂硯齋」做過什麼事，批過什麼書，我們才能確認「脂硯齋」就是曹雪芹的「親爹曹某」。如果沒有史料證明，我們憑什麼相信他的胡言亂語？（〈論「程前脂後」及其它〉，《紅樓》，1996 年第 4 期）

而紅樓夢魘者，恰恰就憑著一句「脂硯齋抄閱再評」，便相信了批者是作者許可了的；就憑著一句「命芹溪刪去」，便相信了他有權對作者發號施令；就憑著一句「壬午除夕芹為淚盡而逝」，便相信了作者確實死於壬午年……，專家們在爭論中消耗著精力和時光，又因難以彌合罅縫漏洞而發出「越研究便越覺得糊塗」的浩歎。投入越深，中邪也就越深，不但自己深信不疑，也反對別人有一絲一毫的不敬。如趙岡先生說：

> 我們不厭其煩的抄列上述一大堆批語，是為了讓讀者細細玩味這些批語的含義。對於這些批語，過去有人持有異議，最無聊的人一口咬定批書者是神經病，說的是瘋話囈語。對於這種人，沒有任何討論的餘地。另有一些人是抱持研究的態度，不過認為這些感歎性的批語，只是代表一般讀者的「共鳴」。好的小說及文藝作品都能產生這種作用。可是我們細讀這些批語，可以發現它們可分幾類：有的是觸景生情的感歎。有的則

> 是指出記得特定的話、特定的人物、特定的事件，這絕非一般讀者所能寫得出的。它們代表批者與著者所共有的真實經驗。有的時候，批者甚至說出事件發生的確切年代，或是問著者是否還記得某件事。另有一類批語是指出「著者又要瞞人」。對於普通讀者，小說的人物情節就是小說的人物情節，根本無所謂「瞞人」與否。這一類批語表示批者知道真情實節，而發現著者在書中加以「改裝」。最後還有一類批語是指出著者是用「刀斧之筆」或「春秋筆法」。在一般小說中，如果著者創造了一個壞角色，根本談不上是刀斧之筆。所謂刀斧之筆與春秋筆法是指史筆而言，即對歷史上真實人物的臧否。(《紅樓夢新探》，頁 141)

二十世紀紅學的最大悲劇，就是這樣形成的。

相反，假如你只從事古代文學研究，而不從事古代小說研究，你就不會有夢魘；假如你只從事古代小說研究，而不從事《紅樓夢》研究，你也不會有夢魘；假如你只從事《紅樓夢》文本研究，而不從事《紅樓夢》的文獻版本研究，你也不會有夢魘。此其所以謂之「夢魘」也。

細審紅學家的作為，也不是沒有清醒的時候。如周汝昌先生，對於考證早就有極為清醒的意念；

> 考證的功能很多了，非止一端，大致說來，一是糾謬；二是辨偽；三是決疑；四是息爭；五是抉隱；六是闡幽；七是斥妄；八是啟智；九是破腐；十是發現！
>
> 有很多原先不為世知的事情的曲折複雜之內幕，詩文的寫作背景與文辭事義，事與事的因果，人與人的關係……無不需要考

> 證而後方能發現——哪兒也沒有「記載」和「說明」。
>
> 考證使人們只以為是「仁智」的看法不同的錯覺，變為正誤是非的嚴格界劃，而不容以「各存己見」來「相提並論」。
>
> 但考證之事實非容易。它需要學、識、膽、誠、義……而更需要有悟性。悟性，到底怎麼講解形容？沒法說個清楚，但它並不「玄虛」，而且作用很大。(《天・地・人・我》，頁 192)
>
> 在對曹雪芹墓石的態度上，周汝昌先生表示：
>
> （一）只有在考古專家認定它是真實的歷史文物的前提下，才談得到其它議題。（二）如若急切地夾入了「紅學家」的議論，那就很容易轉移重心，摻入成見，混淆觀念，發生非科學意義的爭執，影響鑒定。(〈「曹雪芹墓碑」揭偽〉，《社會科學戰線》，1993 年第 3 期）

這些都是很有見地的。但一說到《紅樓夢》版本，一說到脂硯齋，就完全不一樣了。如在為鄧遂夫先生校訂《脂硯齋重評石頭記甲戌校本》所作序中說：「『真偽』之爭的先聲是大喊大叫：〈凡例〉不見於其它抄本，乃是『書賈偽造』云云。後來發展，就出現了認為甲戌本正文、批語、題跋……，一切都是徹底的假古董，本『無』此物；而且脂本諸抄，皆出程高活字擺印本之後，程本方是『真文』。」（第 2 頁）這大約是周先生第一次對版本之爭發表看法。這時，他就沒有想要通過「考證」來「糾謬」、「辨偽」、「決疑」、「息爭」，更沒有提議莫要「急切地夾入了『紅學家』的議論」，卻只說了一句「對於這些『仁智』之見，遂夫在本書中自有他自己的評議」，就想讓事情就此了結。這豈不就如他自己在《曹荃和曹宣》「附記」中所批評的「把複雜的歷史事物（過程，曲折變化，現象根由……）一概簡單化對待（用最初級的『形式邏輯』和『啟蒙算學』的加減算式去做

『考證』)，並且最勇於嘲笑別人『錯了』」(《獻芹集》，頁 93）一樣了麼？

再如馮其庸先生，一九八〇年撰寫〈論《脂硯齋重評石頭記》甲戌本「凡例」〉，就從「凡例」的八大內在矛盾入手，判斷說：「堡壘是最容易從內部攻破的，『凡例』本身的內在矛盾，自然也只能成為它最終被人們識破其偽造真面目的依據。」(《紅樓夢學刊》，1980 年第 4 期）鮮明地指出甲戌本《凡例》出於後人的偽造。以此為基點，他卻作出了兩點推斷：

1.「這個本子除去開頭的『凡例』和版口的『脂硯齋』三字以及甲戌以後的脂評外，其餘部分都是脂硯齋重評《石頭記》甲戌抄閱再評本的文字，是現存曹雪芹留下來的《石頭記》的最早的稿本。」這個判斷忽略了他自己認可的事實：「甲戌本的字跡特別端正」、「由一個人端楷一抄到底」：一句話，它是一個完整的統一體。版本鑒定的定則，所謂偽本不一定是指每一個字、每一句話都偽。全部偽，是偽本；一部偽，也同樣是偽本。既已確認其最重要的組成部分有作偽，就得承認甲戌本是地道的偽本。

2.「現存甲戌本抄定的時代，我認為是較晚的，它最多只能是乾隆末期或更晚的抄本。全書不避玄字諱，是標誌它的時代不大可能是乾隆前期甚至也不大可能是乾隆末期的一個硬證。」既以諱字作為判定時代的「硬證」，則甲戌本不會只晚到乾隆前期、乾隆末期。康熙是清代的聖祖，他的諱，乾隆時要避，嘉慶、道光時要避，咸豐、同治、光緒、宣統時也要避，終清之世，統統要避。

馮其庸先生不得不違背考證法則，蓋出於執著脂硯齋其人的存在、脂硯齋早期評本的存在也。

紅學家們雖否認脂本出於偽造的可能，但在言談中已透露出相反的訊息。劉世德先生談到「作偽要有一定的土壤」時說：「作偽者可能是個人，也可能是個小集體。他或他們所要面對的卻是整個的社會。如果在社會上沒有一定的土壤作為培育的基礎，如果不會給作偽者帶來任何的、絲毫的益處，那麼，這些作偽的現象是難以滋生的。」為此，他提出了紅學作偽需要具備的六個社會條件：

> 第一，小說已躍居文壇的主流地位。對小說的創作和評論、研究，在學術界和在社會上，受到了足夠的、普遍的重視。
> 第二，《紅樓夢》作為一部真正的文學作品，而不是作為茶餘飯後的消遣物或密電碼彙編、謎語專集之類，被人們閱讀、評論和研究著。
> 第三，《紅樓夢》擁有著巨大的讀者群。
> 第四，紅學研究蔚然成風，形成了一定的氣候。
> 第五，曹雪芹之名，家喻戶曉。他的《紅樓夢》作者的身份獲得了絕大多部分人士的認可。他的生平、家世被越來越多的人們所了解和熟悉。
> 第六，《紅樓夢》的「脂本」和「程高本」在文字、情節上，在價值上的區別引起了注意。搜集、研究《紅樓夢》的版本，成為紅學的一個重要的課題。

然後，他得出結論說：

> 從小說學史和紅學史上看，只有經歷了兩個轉捩點，即本世紀的二十年代（「五四」運動以後）和五十年代（全國解放以後），上述六個條件才能在總體上具備。也就是說，在有關曹雪芹生平、家世的問題上作偽，在有關《紅樓夢》版本的問題上作偽，一般來說，近則可能發生在五十年代以後，遠則只能發生在二十年代以後。（《紅樓夢學刊》，1995 年第 3 輯）

蔡義江先生的一段話，可能更為符合辨偽的原理：

> 歷來野史總是只寫古人、死人或別人的事，從來沒有以自己的家庭興衰際遇、悲歡離合和自己的親見親聞、親身經歷作為素材來編故事、寫小說的。所以，作者的思想、經歷、家世等等是從來不在考據範圍之內的。……以為只要關涉到作者及其家事情況的話，都會被看成重要材料，都不會被『棄置不顧』，這是把『五四』以後才有的新觀念，甚至是今天的文藝創作思想加到乾嘉時代的人的頭上去了。(《蔡義江論紅樓夢》，頁157-158）

他還推論道：清代沒有人會去「冒充『與雪芹同時人』而宣稱『事皆目擊』，……因為沒有人相信書中所寫是作者自家事，根本不存在想證明這種關係的需要，造出來又能吸引誰呢？」(《蔡義江論紅樓夢》，頁 158）既然乾嘉時代的人誰也「不關心作者是誰」，脂硯齋諄諄地向「觀者」披露《紅樓夢》的作者，並閃爍其詞地透露他的家世生平，又是為了什麼呢？相反，認定《紅樓夢》是寫「作者自家事」的觀念，恰是胡適一九二一年提出來的，從此便「存在」證明的「需要」了。

《紅樓夢》是夢魘，那夢魘之中的夢魘，就是脂硯齋的陰魂在作祟。掙脫夢魘不是很難的事，俞平伯先生就是傑出的典範。余英時先生一九八〇年說：「記得兩年前我有機會看到紅學的開山祖師之一俞平伯，他跟我說了一句話，我大為吃驚。他說：「你不要以為我是以『自傳說』著名的學者。我根本就懷疑這個東西，糟糕的是『脂硯齋評』一出來，加強了這個說法，所以我也沒辦法。你看，二十年代以後，我根本就不寫關於曹雪芹家世的文章。」(《紅學世界》，北京出版社，1984 年，頁 50-51）他還說過：「歷來評『紅』者甚多，百年以來不見『脂研』之名，在戚本亦被埋沒（今已得證），及二十年代始喧騰於世，此事亦甚可異。」（《紅樓夢學刊》，1992 年第 2 期，頁 281）他敏銳地感覺到「脂硯齋評」是適應「自傳說」的產物，在《宗師的掌心》中說：「一切紅學都是反《紅樓夢》的。即講的愈多，《紅樓夢》愈顯其壞，其結果變成『斷爛朝報』，一如前人之評《春秋》經。筆者躬逢其盛，參與此役，謬種流傳，貽誤後生，十分悲愧，必須懺悔。」（王湜華：《俞平伯的後半生》，花山文藝出版社，2001 年，頁 321）

當走完「還原脂硯齋」的全程，考慮該說些什麼的時候，克非先生寄來了他的《樓外紅學》，正好講出了我想講的話。他說：

> 《紅樓夢》好比一座雄偉壯麗的高樓。要研究這座高樓，該從何做起呢？首先你得懂點建築方面的知識，再跨過門檻，進入裏面，老老實實地將其作為一座建築物來進行考察，然後才說得上其它。倘如對建築一竅不通，或不懂裝懂，又遠遠地站在樓外，跟著那些無知者的胡言亂語去胡言亂語、去憑空想像、去無端臆測、去完全不合邏輯的推導、去作連最普通的常識也不顧的演繹，結果當然只有笑話連著笑話，再連著笑話。（《四川文學》，2003 年第 1 期）

其實，早在光緒三十一年（1905），就出現了「懂點建築方面的知識，再跨過門檻，進入裏面，老老實實地將其作為一座建築物來進行考察」的二十世紀第一位紅學家王國維。他在《紅樓夢評論》第五章〈餘論〉中評論「以賈寶玉為即納蘭性德」論時，強調指出：「詩人與小說家之用語，其偶合者固不少。苟執此例以求《紅樓夢》之主人公，吾恐其可以傅合者，斷不止容若一人而已。」他說：

> 惟美術之特質，貴具體而不貴抽象。於是舉人類全體之性質，置諸個人之名字之下。譬諸「副墨之子」，「洛誦之孫』，亦隨吾人之所好，名之而已。善於觀物者，能就個人之事實，而發見人類全體之性質；今對人類之全體，而必規規焉求個人以實之，人之知力相越，豈不遠哉！故《紅樓夢》之主人公，謂之賈寶玉可，謂之「子虛」「烏有」先生可，即謂之納蘭容若，謂之曹雪芹，亦無不可也。(《紅樓夢卷》，頁 262)

王國維運用現代「美術」的觀點，對牽強傅會的「本事」論作了鞭闢入理的剖析，並對「自我朝考證之學盛行，而讀小說者，亦以考證之眼讀之」的傾向，表示了深深的憂慮。尤可注意的是，在胡適《紅樓夢考證》發表前夕，一九二〇年六月二十五日《小說月報》第十一卷第六號刊出了佩之的〈《紅樓夢》新評〉，從文學的審美的角度，對於全書的有機整體結構，發表了極為精彩的意見：

> 第一要看這部書的結構（pilot）。這部書在中國小說中，算是很長的小說。全書有一百二十回，這一百二十回，卻是脈絡貫串，一絲不亂。從第一回到第九十七回，全書的進行，是向上的（risingaction）。從第九十七回到末回，全書的進行，是向下的（fallingaction）。中間「苦絳珠魂歸離恨天」一回，便是全書最高的一點（climax）。全書的層次，錯綜變化，是自然的，不是機械的；而秩序卻極整齊。相傳這書出於兩人之手，後面四十回，是後人所添。很有許多評點家，說是不足信的。但是依全書結構而看，這書萬萬不是出於兩人。作者寫第一回

> 的時候，全書結構，已了然在胸；不是隨隨便便，一回一回的寫下去的，所以才有這樣精密的結構。(《紅樓夢研究參考資料選輯》第三輯，頁 20)

由此看來，二十世紀紅學的起點，原本是非常之好的。導致事態發生逆轉的，恰恰就是胡適的考證派新紅學。正如錢穆先生所指出的：「考據工作，未嘗不有助於增深對於文學本身之了解與欣賞。然此究屬兩事，不能便把考據來代替了欣賞。就《紅樓夢》言，遠在六十年前，王國維《觀堂集林》提出《紅樓夢》近似西方文學中之悲劇，此乃著眼在《紅樓夢》之文學意義上，但此下則紅學研究，幾乎全都集中在版本考據上。」(《中國文學論叢》，三聯書店，2002 年，頁 148-149) 克非先生更一針見血地說：

> 以胡適為開山祖師的新紅學，從其開創之初，就似乎決心站在「樓」外，拒絕進入「樓」內，拋開對文本的全方位的研究，而去另尋蹊徑。明明白白是一部小說，卻無端地被「胡言」成作者曹雪芹的「自敘傳」和曹寅的家史。隨後，脂硯齋的偽本偽批應時出現，「大膽的假設」，有了「小心的求證」。於是，新紅學作為一個學派，根基從此奠定起來。這個根基裏，包括著它的體系和萌芽，它對《紅樓夢》的基本認識，它研究的方向，研究的目的，研究的方法，研究的視角，研究時所站立的位置。說明白點，在這個新的學派看來，《紅樓夢》不是一部小說，而是一部秘史；不能用研究小說的法子去研究，只能繞開文本，繞開書中的實際的鋪陳、塑造、描寫、人物行為，用索隱的方法，去掘秘，挖背後，去與歷史對號，去找尋作者「隱」去的東西，去破譯那些掩埋在字裏行間的「真事」，去

> 拆開作者所故意玩弄的或不得不玩弄的「藏貓貓」的花招。而脂硯齋就是這方面最好的嚮導，他的批語就是最好的指南。新紅學創立至今，已有八十多年。八十多年裏，這個學派一直保持著這個德性。朝山不進山，燒香不進廟，觀花不進園，游泳不入水；滿嘴外行話，卻要充作內行人。一代更比一代游離得遠，一代更比一代玩得邪。而且越是大師級的紅學家越是如此。說來可歎，他們的研究，實際與《紅樓夢》的本身絕了緣。更為可歎的是，這種「樓外紅學」，長期以來，在紅壇上，竟然佔據著統治地位。(《四川文學》，2003 年第 1 期)

自有「新紅學」以來，把《紅樓夢》當作小說來研究的呼聲，不絕於耳。吳組緗先生一九八一年為魏紹昌先生《紅樓夢版本小考》作序，就委宛地對風行的程偉元「篡改」說提出批評，認為從「書中描寫女性的一個美學信念」看，「應該認為改得好，改得必要。像這樣的修改，都深入到決定人物形象塑造的情節去取和意義掌握的問題。我想說，可能只有原作者曹雪芹本人有此種敏感；無論續書作者是誰，連同脂硯、畸笏等批者在內，都不像能夠有此水準。我設想，曹雪芹以他的歷史條件和生平經歷，寫作這樣一部博大精深的作品，隨著創作實踐的進展，對生活現實的認識自必不斷有所提高。寫到後面，必得回頭改寫前面，有時改了前面，還須重新修改後面。也未必三兩次就可以改好或定稿。所謂『批閱十載，增刪五次』的過程必然不免，而且仍然不能完工。」李希凡先生最近還在呼籲：「無論是偉大的曹雪芹，或偉大的《紅樓夢》，都該是幾千年中華古老文明的輝煌結晶，因而，小說的文本研究，仍應是『紅學』領域的核心命題和重中之重。所謂小說的文本研究，當然並不局限於小說本身，而是廣及產生《紅樓夢》的社會歷史背景、民族傳統、時代精神、人文內涵，以及審美意識和作家個性創造的諸多因素的孕育。」（見為丁維忠著《紅樓夢：歷史與美學的沉思》所寫序，黑龍江教育出版社，2002 年）

將來的讀者也許很難想像，要把《紅樓夢》當作小說來讀來研究，在今天是多麼不容易的事！面對俞平伯先生所說的「《紅樓》今成顯學矣，然非脂學即曹學也，下筆愈多，去題愈遠，而本書之湮晦如故」的現狀，想探究其美學價值的人眼看無力扭轉局面，便想出了各種應對之方。最突出的策略有二：一是宣導「兩個世界」說，一是鼓吹「三文統一」說。余英時先生說：「我並不是反對『曹學』，我很尊重『曹學』。不過，我個人覺得考證應受材料的限制，今天我們所能發掘到的有關曹家的家世，至少關於曹雪芹本身的，還是很有限。所以這個問題只可到此為止，我們知道《紅樓夢》有家庭背景——曹家背景這點就夠了，過了這條界線，再往前追，就只能說是一種假設，一種猜測，一種暫時的結論，不能成為一種定論，這一切要靠材料，而材料往往帶有偶然性，而且材料可能很有問題。這方面，等我們有更可靠的材料再作結論也不遲。……所以，考證還是要做的，校勘也是要做的，不過，更重要的還是從小說本身來了解，就是宋淇先生所說的，了解小說本身。我們現在研究《紅樓夢》最可靠的材料是什麼？就是《紅樓夢》本身，再加上所謂脂硯齋的評語等等，這些材料足夠我們研究的。……俞平伯也認為今天應該把《紅樓夢》當成小說看，回到曹雪芹的寓意。曹雪芹寫這本小說總有若干寓意，不止一種寓意、宗旨、主題，但根據材料，總是可以找到我們比較相信的主題，我相信這是可能的。我們現在部分人走的就是這個方向，我想這是大家都值得努力的方向。」（《紅學世界》，頁 50-51）其要點無非是把「曹學」、「脂學」封為「第一世界」，把文本研究自貶為「第二世界」。至於「三文統一」說的要點，則是強調文獻、文本、文化的統一，同樣是把有關「曹學」、「脂學」的文獻放在首位，然後求得文本研究的一席之地。然而，即便是這種低姿態的請求，也沒有得到紅學家的寬容，周汝昌先生說：

> 紅學研究所包誠富，它一開始就以作者與版本的研究作為兩大分流——其後發展建立了「曹學」與「脂學」，也是由此而生而成。以作者與版本為兩大主題，似乎是研究小說（其實也適用於一切文學創作）的一個普遍規律，人們當「常識」看了，又有甚稀奇值得再來提起？殊不知，那在《西遊》、《封神》等小說尚屬一般性課題——不知作者為誰，並不影響對全書的理解；甚至一人作、幾人作，有無原本與改動本，也似乎關係不至於「動搖根本」。但在《紅樓》，情形性質卻不能與之等量齊觀、混合而論。因為：這裏包涵著一個「自傳性」的核心命脈的大問題，故爾必須深研作者的家世生平，一切背景、思潮、寫書動機……種種緣由實際。所以有些人不明此理，總在「呼喚」脫離「曹學」、「脂學」的「老一套」，只作所謂「本體詮釋」——其實就是主張架空一切產生《紅樓》的因素關係，只要「就小說論小說」，美其名曰「回歸到文本」上來，「回到文學創作」上來，云云。
> 他們完全忘了（或根本不明白）：曹雪芹生前定型的《紅樓》版式是只有八十回，正文與脂批同為「合法並存」的整體「文本」，不可分割斷裂。（《天．地．人．我》，頁 239-240）

換句話說，要想擺脫「曹學」、「脂學」，是絕對不允許的，沒有「第一世界」，就不可能有「第二世界」；只作「本體詮釋」，脫離文獻研究，就是要「架空」產生《紅樓夢》的因素關係。一句話，還是要取消「第二世界」的存在資格，取消「回到文學創作」上來的合法性。

通過對脂硯齋的還原，大家明白了所謂「脂齋之謎」、「續書之謎」、「探佚之謎」等等，都是人為造作出來的，它只會擾亂我們的閱讀和研究，也就足夠了。從此以後，人們就可以不去理睬那些「閒事」，都可以自由地理直氣壯地進入紅學的苑地，做一名或大或小的紅學家，不必顧慮人家笑說你沒有跨進紅學的大門了。因此，二十一世紀的紅學，是告別了脂硯齋的紅學，是從脂硯齋桎梏中掙脫出來的紅學，因而是真正文學意義上的「樓內紅學」。

當然，脂硯齋作為「評紅」的一家，在紅學論壇上還會有他的位置。小說理論史、小說批評史家對他還會有興趣，要給他以應有的評價，這都是非常正常的。

脂硯齋作為紅學史上顯赫一時的角色，不可能永遠抹去他的痕跡，還會有人重新提起這樁公案，甚至要為他「恢復名譽」，但那將會遇到比確立他的神聖地位更大的困難。

就我的本性而論，何嘗有在紅學天地馳騁的奢望？若不是當年侯忠義、安平秋先生命我撰《古代小說版本漫話》，恐怕至今還是站在「紅樓」外的閒人。不想一旦誤入白虎堂，便與脂硯齋結下了不解的筆墨之緣。耗費十二年的寶貴光陰，無非證明了一個極簡單的事實：僅有稚子塗鴉水準的脂硯齋，是絕難捧得諾貝爾文學獎的。如此而已，亦足悲矣。借用余英時先生的話說：「我應該做的事情多得很，不能再在這一方面糾纏下去了。」（《紅樓夢的兩個世界》，頁 4）吾生來日，本已無多，況且還有古代小說學、晚清小說及文言小說諸課題等我去做，眼下最企盼的則是美美睡上一覺，脂硯齋這一塊，就恕我不再奉陪了。

詩曰：

忍性動心十二年，證偽證實豈徒然。
而今揖別紅樓去，一夢沉酣到黑甜。

二〇〇三年三月三十一日定稿於山西大學德秀村

中華文化思想叢書 A0100036

還原脂硯齋　下冊

作　　者　歐陽健
責任編輯　蔡雅如

發 行 人　陳滿銘
總 經 理　梁錦興
總 編 輯　陳滿銘
副總編輯　張晏瑞
編 輯 所　萬卷樓圖書股份有限公司
排　　版　林曉敏
印　　刷　百通科技股份有限公司
封面設計　斐類設計工作室

出　　版　昌明文化有限公司
桃園市龜山區中原街 32 號
電話 (02)23216565
發　　行　萬卷樓圖書股份有限公司
臺北市羅斯福路二段 41 號 6 樓之 3
電話 (02)23216565
傳真 (02)23218698
電郵 SERVICE@WANJUAN.COM.TW
大陸經銷
廈門外圖臺灣書店有限公司
　電郵 JKB188@188.COM

ISBN 978-986-496-002-6
2017 年 7 月初版
定價：新臺幣 320 元

如何購買本書：
1. 劃撥購書，請透過以下郵政劃撥帳號：
　帳號：15624015
　戶名：萬卷樓圖書股份有限公司
2. 轉帳購書，請透過以下帳戶
　合作金庫銀行　古亭分行
　戶名：萬卷樓圖書股份有限公司
　帳號：0877717092596
3. 網路購書，請透過萬卷樓網站
　網址　WWW.WANJUAN.COM.TW
大量購書，請直接聯繫我們，將有專人為您服務。客服：(02)23216565 分機 10
如有缺頁、破損或裝訂錯誤，請寄回更換

國家圖書館出版品預行編目資料

還原脂硯齋 / 歐陽健著. -- 初版. -- 桃園市：昌明文化出版；臺北市：萬卷樓發行, 2017.07
冊；　公分. -- (中華文化思想叢書)
ISBN 978-986-496-002-6(下冊：平裝)
1.紅學 2.研究考訂
857.49　　106011184